이유 있는 고전

이유 있는 고전

초판 1쇄 발행일 2025년 1월 15일   **초판 2쇄 발행일** 2025년 2월 20일

지은이 구은서
펴낸이 박재환 | **편집** 유은재 신기원 | **마케팅** 박용민 | **관리** 조영란
펴낸곳 에코리브르 | **주소** 서울시 마포구 동교로15길 34 3층(04003) | **전화** 702-2530 | **팩스** 702-2532
이메일 ecolivres@hanmail.net | **블로그** http://blog.naver.com/ecolivres | **인스타그램** @ecolivres_official
출판등록 2001년 5월 7일 제201-10-2147호
종이 세종페이퍼 | **인쇄·제본** 상지사 P&B

ISBN **978-89-6263-298-9** 03800

이유 있는 고전

구은서 지음

에코
리브르

차례

고전,
읽을 때마다 새로운 옛이야기

신문사 문화부의 책 담당 기자는 매일매일 독후감을 쓰는 사람입니다. 신문사에는 매주 약 100권의 신간이 쏟아져 들어옵니다. 기자들은 그중에서 독자와 함께 읽고 싶은 책을 추려 기사로 소개합니다.

"어떤 책이 기사 쓰기 가장 힘들어요?" 이런 질문을 종종 받습니다. 그러면 저는 1초도 망설이지 않고 답합니다. "고전 문학 작품이요."

일단 고전은 대부분 깁니다. 30초짜리 영상도 끝까지 안 보고 넘겨버리는 시대인데, 고전은 분량이 수천 쪽에 달합니다. 장발장이 빵 훔친 이야기인 줄로만 알았더니 2000쪽이 넘는 《레 미제라블》, 토마스 만(Thomas Mann)이 12년에 걸쳐 완성한 1000쪽짜리 걸작 《마의 산》……. 이런 책들은 긴 데다가 심오해, 읽어도 완독했다고 말하기가 건방지게 느껴집니다. 감동을 받아도 '잠깐만, 내가 이해한 게 맞나?' 싶은가 하면, 거꾸로 '고전이라는데 왜 울림이 없지? 내가 교양이 너무 부족한가?' 하고 머쓱해지기도 해요. 여기저기서 고전을 읽으라고 강조하니 숙제 검사받는 기분마저 듭니다.

독자가 아닌 기자로서도 퍽 난감합니다. 뉴스(news)를 전해야 할 기자가 고전이라니! '자율 주행차'조차 새로운 단어가 아닌데, 마차를 타고 다니는 주인공의 인생 얘기를 우리가 왜 읽어야 할까요? 내가 고리타분한 이야기만 늘어놓고 있는 듯한 느낌입니다.

하지만 결국 살아남는 책은 고전입니다. 책 더미에 눌려 무너지기 직전인 부서 책장을 비우던 날, 고전은 버릴 수가 없었습니다. 누군가가 버리려고 하면 다른 누군가가 말렸습니다. "이 책은 놔두면 다시 읽지 않을까?"

고전이 수 세기 동안 전해 내려오는 데는 다 이유가 있습니다. 죽음, 욕망, 사랑…… 인간의 본성을 탐구한 작품들이라 시간이 갈수록, 인생을 살수록 이해와 공감이 깊어집니다. 그리고 기본적으로 재밌습니다. 그렇지 않다면 진즉에 잊혔겠지요. 호

홉이 좀 길어서 그렇지 이야기의 뼈대는 흥미진진합니다. 옛날 노래를 요즘 들으면 느리게 느껴지지만, 가사는 곱씹을수록 내 이야기 같은 것과 비슷합니다. 또 고전은 지금도 뮤지컬로, 드라마로, 영화로, 또 다른 문학 작품으로 새로이 태어나고 있습니다. '이 드라마 주인공 이름을 이 고전에서 따온 거였어?' 고전을 알면 요즘 콘텐츠를 이해하는 깊이도 달라집니다.

그렇지만 고전을 음미하려면 약간의 도움이 필요한 것도 사실입니다. 오래전에 창작한 작품인 만큼 낯선 배경과 단어들이 등장하고, 그 시대의 한계가 숨어 있습니다. '이거 그냥 19세기의 막장 드라마 같은데, 왜 고전이라는 거야?' 삐딱한 질문이 샘솟기도 합니다. 그럴 때는 나를 대신해서 고전을 향해 질문을 던져줄 사람이 있다면 좋겠죠. 마치 도서관이나 미술관의 도슨트, 레스토랑의 소믈리에처럼 고전의 매력과 읽을 이유에 대해 다정하게 설명해주면 더 좋을 거고요. 내용을 요약해준다면 가끔은 다 읽지 않고도 고전 이야기에 맞장구칠 수 있습니다.

그런 마음으로 '이유 있는 고전' 연재를 시작했습니다. 이 책에 실린 글들은 〈한국경제신문〉 토요일 자 '책마을'과 같은 신문의 문화·예술 플랫폼 아르떼에 연재한 '이유 있는 고전' 코너를 기반으로 다시 썼습니다. 각 고전이 고전의 반열에 오른 이유, 함께 읽고 싶은 이유를 생각하며 쓴 글들입니다.

현재와 밀접하게 맞닿아 있는 고전들을 골랐습니다. BTS의 지민, 피아니스트 임윤찬처럼 동시대인들이 주목하는 예술가가 사랑하거나 새로운 예술 작품으로 태어난, '지금' 읽을 '이유'가 있는 고전을 소개합니다.

총 스물다섯 편의 작품을 담았습니다. 《몬테크리스토 백작》 《레 미제라블》 《안티고네》 등은 오로지 책을 위해 새로 썼습니다. 일관성을 위해 서양 고전만 추렸습니다만, 빛나는 동양 고전들도 언젠가 함께 읽을 기회가 있겠지요.

많은 책에 기대어 쓴 만큼 인용한 책과 작가들에게 큰 신세를 졌습니다. 신문에 실린 기사들을 챙겨 읽으며 책이 되도록 이끌어주신 에코리브르 박재환 대표님, 귀한 신문 지면을 내주신 선후배 동료들께 감사를 전합니다. 내 모든 글의 첫 번째 독자가 되어주는 남편, 그리고 엄마 뱃속에서부터 마감을 독촉한 딸 서안이 덕분에 원고를 완성했습니다. 아기가 자라 책 읽는 기쁨을 누리게 됐을 때, 이 책에서 소개한 고전들이 딸에게도 위안과 희열을 줄 거라 믿습니다. 금기를 깨는 작품들은 좀 천천히 읽어도 좋겠는데……. 아마 제가 예상한 것보다 이른 때에 혼자서 훌쩍 읽어버리겠지요.

이 책의 목표는 당신을 유혹하는 것입니다. 모쪼록 한 문장이라도 가닿아, 한 편이라도 고전을 펼쳐 들 이유가 되기를 바랍

니다. 이미 이 책에 실린 작품을 읽은 분도 물론 환영합니다. 고
전은 옛이야기면서도 읽을 때마다 새로운 이야기니까요.

2025년 1월

구은서 드림

1부

역주행한 고전

수십, 수백 년 만에 베스트셀러의 자리를 되찾은 고전들.
사람들이 이 책들을 읽고 또 읽는 데에는 이유가 있습니다.

〈넓어지는 원〉

라이너 마리아 릴케

BTS 지민은 왜
이 시를 택했을까

마치 알을 깨고 나오려는 새 한 마리 같습니다. 한 남자의 주위를 사람들이 둥근 원 모양으로 에워쌉니다. 높은 벽이나 울타리, 알껍데기처럼요. 남자는 자신을 둘러싼 사람들 틈을 비집고 하늘을 향해 손을 뻗습니다. 그가 몸부림칠 때마다 펄럭이는 재킷 사이로 글자가 빼곡하게 적힌 근육질의 상반신이 드러납니다.

BTS 지민의 〈셋 미 프리 파트 2(Set Me Free Pt.2)〉 뮤직비디오 속 한 장면 얘기입니다. 유튜브 누적 조회 수 1억 회 이상인, 전 세계에서 주목한 이 뮤직비디오에서 지민은 날갯짓하듯 춤춥니다. "결코 멈추지 않겠다(I never stop)" "날아가"겠다고 노래하는 그의 몸을 수놓은 글자는 라이너 마리아 릴케(Rainer Maria Rilke)의 시 〈넓어지는 원〉 중 일부입니다. "어머님, 나는 별 하나에 아름다운 말 한마디씩 불러봅니다. (……) '프랑시스 잠' '라이너 마리아 릴케' 이런 시인의 이름을 불러봅니다." 윤동주가 시 〈별 헤는 밤〉에서 별과 함께 헤아린 이름, 그 릴케가 쓴 시입니다.

넓어지는 원을 그리며 나는 살아가네

왜 지민은 첫 솔로 앨범 뮤직비디오를 찍으면서 이 작품을 골랐을까요? 소속사에 살짝 물어보니 "지민과 스태프들이 함께 상의한 끝에 의미 있는 시를 택했다"고 합니다.

릴케의 시는 "넓은 원을 그리며 나는 살아가네/그 원은 세상 속에서 점점 넓어져가네"●라고 말하며 시작됩니다. 그냥 동그라미도 아니고 점점 넓어지는 동그라미입니다. 시인은 인간이 성장하며 자신의 영역을 조금씩 확장해나가는 걸 '넓어지는 원'에 비유했습니다.

그리고 보면 커갈수록 넓어지는 원이 있죠. 바로 나무의 나

● 　류시화, 《시로 납치하다》, 더숲, 2018, 140쪽.

　　　　　　　　　　　1부 역주행한 고전

이테입니다. 여러 해 동안 쌓은 경험, 숙련도를 뜻하는 단어 '연륜(年輪)'의 한자를 하나씩 떼어보면 해 년, 바퀴 륜입니다. 1년마다 하나씩 생기는 둥그런 나이테에서 생겨난 말입니다. 나무가 해마다 나이테를 그리며 둘레를 키워나가듯 사람도 시간과 경험을 통해 자신의 생애를 살찌워갑니다.

반면 성장할수록 넓어지는 나의 원은 나의 한계이기도 합니다. 조금씩 넓어지긴 해도 어쨌든 나는 테두리 안에 있으니까요. 인간이 스스로 쌓은 경험에서 벗어나 완전히 새로운 삶을 선택하기란 쉽지 않습니다. 익숙한 친구들을 만나고, 듣던 노래를 들어요.

성공적인 삶으로 탄탄한 울타리를 갖춘 사람은 도전이 더욱 망설여질 수밖에 없습니다. 한류의 상징이 된 BTS 멤버 지민이 첫 솔로 앨범을 내는 데 데뷔 이후 10년이란 시간이 필요했던 것처럼 말이죠.

하지만 시인은 자신의 삶에 안주하지 않습니다. "나는 아마도 마지막 원을 완성하지 못할 것이지만/그 일에 내 온 존재를 바친다네"• 하며 자기 세상을 넓혀나갈 것을 다짐합니다.

마지막에는 자신의 무한한 가능성을 긍정합니다. "그러나 아

•   라이너 마리아 릴케, 《릴케 시집》, 송영택 옮김, 문예출판사, 2014, 116쪽.

직도 모른다. 내가 한 마리의 매인지,/하나의 폭풍우인지, 아니면 하나의 대단한 노래인지."

이 시에는 20세기 최고의 서정시인이라 평가받는 릴케의 젊은 시절 고민과 열정이 담겨 있습니다. 이 작품은 초기작《기도시집》에 수록됐습니다. 제목에서 짐작할 수 있듯, 이 시집에는 영혼과 종교에 대한 성찰이 실렸습니다. 당시 수도원의 수사가 하루 일곱 번 정도 정해진 시간에 해야 할 기도를 담은《기도서》라는 책이 있었는데, 여기서 따온 시집 제목입니다. 명상하고 기도하듯 시를 쓰고, 독자들에게 그렇게 읽히기를 바라는 마음이었을 거예요.

원래 이 시에는 제목이 없었습니다. 릴케는《기도시집》에 수록한 연작시에 별다른 제목을 달지 않았는데, 나중에 번역자와 연구자들이 '넓어지는 원'이란 제목을 붙여 널리 알려졌어요. 누가 번역하느냐에 따라 다른 제목이 붙기도 합니다. 한글 번역본은《릴케 시집》등 릴케의 초기 작품을 합쳐놓은 책에 실려 있습니다. 류시화 시인의《시로 납치하다》에서도 일부 구절을 만날 수 있고요.

살로메, 나의 살로메

"루 살로메(Lou Salomé)의 손에 바칩니다." 〈넓어지는 원〉이 실린 《기도시집》 첫 장에는 이렇게 적혀 있습니다. 시집은 한 시인의 세계를 함축합니다. 릴케는 그런 시집을 통째로 살로메에게 바쳤습니다. 그녀는 릴케를 릴케가 되도록 한 여자이니까요.

1897년 5월 12일, 20대 청년이던 릴케는 인생을 뒤흔든 여인 살로메를 만납니다. 살로메는 릴케보다 열네 살이 많고 이미 결혼도 한 상태였죠. 당대에 이름난 작가이자 정신분석학자이던 그녀는 독일의 시인이자 철학자 프리드리히 니체(Friedrich Nietzsche)의 청혼을 거절한 일화로도 유명합니다. 지크문트 프로이트(Sigmund Freud) 역시 그녀를 사랑했습니다. 당대 최고의 천재들이 살로메에게 매혹되고 큰 영향을 받아 살로메를 만나면 몇 달 만에 대작을 쓰게 된다는 말까지 있었다고 해요.

릴케도 그 천재들 중 하나였죠. 릴케의 본명은 르네 카를 빌헬름 요한 요제프 마리아 릴케. 라이너 릴케라는 이름은 살로메가 지어줬답니다. 릴케는 살로메의 권유대로 '르네'를 독일식 이름 '라이너'로 바꿨어요. 아름답기로 유명한 릴케의 글씨체도 살로메의 작품입니다. 그전까지 릴케는 글씨를 흘려 썼는데, 살로메가 직접 필체를 고쳐줬다고 합니다. 그녀는 그만큼 릴케의 작품 세계에 큰 영향을 미쳤어요.

《기도시집》 1부는 살로메와의 러시아 여행에서 돌아온 직후 썼어요. 러시아 상트페테르부르크가 고향인 그녀는 여행을 이끌었고, 이때 릴케는 《안나 카레니나》 《부활》 등을 쓴 러시아의 대문호 레프 톨스토이(Lev Tolstoi)도 만납니다. "내 눈빛을 끄세요. 그래도 당신을 볼 수 있습니다/내 귀를 막으세요. 그래도 당신을 들을 수 있습니다."• 《기도시집》에 실린 시 중 일부인데, 이 작품이 살로메에 대한 열렬한 사랑을 읊었다는 사실은 그녀가 세상을 떠난 뒤에야 알려졌습니다.

살로메와의 사랑뿐만 아니라 이별까지도 릴케를 완성해갔습니다. 살로메는 릴케와 두 번째 러시아 여행을 다녀온 뒤 둘의 관계를 정리합니다. 그 사이에 릴케는 《기도시집》을 썼고 1905년 마침내 출간합니다. 이별의 슬픔을 겪은 뒤 릴케는 《두이노의 비가》 같은 대작을 써냈습니다. 릴케는 죽을 때까지 살로메와 편지를 주고받았고, 중요한 일을 그녀와 의논했습니다.

•   라이너 마리아 릴케, 《두이노의 비가 외》, 구기성 옮김, 민음사, 2001, 230쪽.

장미의 시인 릴케

사랑은 결핍에서 시작되는 걸까요. 릴케가 연상의 여인 살로메에게 끌린 이유를 그의 어린 시절에서 찾는 사람도 있습니다. 20세기 최고의 서정시인, 독일 서정시를 완성한 위대한 시인으로 칭송받는 릴케지만 어린 시절은 순탄하지 못했거든요.

릴케는 1875년 프라하에서 태어났습니다. 죽은 첫딸을 잊지 못한 어머니는 릴케에게 여자 옷을 입혀 키웁니다. 어머니에게 자신의 모습 그대로 사랑받지 못하고 누군가의 대체품처럼 여겨진 경험은 어린아이가 감당하기 힘든 상처였을 거예요.

게다가 소녀처럼 길러지던 그는 10대가 되자 갑자기 육군 소년학교에 보내집니다. 군대에서 출세하고 싶었지만 이루지 못하고 철도 공무원이 된 아버지의 꿈을 대신하기 위해서였죠. 어려서부터 병약한 데다가 감성이 예민하던 릴케에게 군인의 길은 맞지 않았습니다. 릴케는 평생 이 시절을 참담한 시련의 시기로 묘사합니다. 이 시련을 버티기 위해 시를 쓰기 시작했어요. 릴케는 학교를 중퇴한 뒤 스무 살이던 1895년 프라하 대학교 문학부에 입학해 문학 공부를 본격적으로 시작했습니다. 한때 〈생각하는 사람〉으로 유명한 프랑스 조각가 오귀스트 로댕(Auguste Rodin)의 비서로 일하기도 했습니다.

라이너 마리아 릴케.

열여덟 살 때 첫 시집 《삶과 노래》를 냈지만, 평단과 독자들에게 시인으로서 강한 인상을 심어준 건 《기도시집》을 펴내면서부터였습니다. 이후 릴케는 《말테의 수기》《젊은 시인에게 보내는 편지》《두이노의 비가》 등을 출간하며 독일 문학의 전설로 남았습니다.

한국인이 유난히 사랑하는 시인이기도 합니다. 외국 시인으로서는 보기 드물게 작품이 교과서에 실렸고, 일제 강점기부터 윤동주를 비롯해 많은 한국 시인에게 영향을 미쳤습니다.

릴케는 1926년 51세를 일기로 사망했습니다. 장미 가시에 찔려 죽었다는 낭만적 일화가 널리 알려져 있는데, 릴케가 생전 장미를 워낙 좋아해 생겨난 전설 같은 얘기예요. 실제 사인은 백혈병인 것으로 전해집니다.

그렇지만 릴케를 말할 때면 장미를 빼놓을 수가 없어요. 스위스 라론에 세워진 그의 묘비에는 릴케가 직접 쓴 묘비명이 새겨져 있습니다. "장미여, 오, 순수한 모순이여, 겹겹이 싸인 눈꺼풀들 속 익명의 잠이고 싶어라."●

● 　김재혁, 《릴케의 시적 방랑과 유럽 여행》, 고려대학교출판문화원, 2019, 446쪽.

〈바벨의 도서관〉

호르헤 루이스 보르헤스

80년 전 챗GPT를
예언한 소설

고전이 고전으로 자리매김하려면 얼마의 시간이 필요할까요. 그래도 한 세기는 지나야 하니까 100년? 한 세대 정도 차이면 충분하니 30년이면 될까요? 시간보다도 역시 작품 내용이 얼마나 좋은지, 오래도록 살아남을 만한지부터 살펴야 할까요?

사람마다 고전을 정의하는 기준은 다르겠지만, 아무래도 호르헤 루이스 보르헤스(Jorge Luis Borges)의 단편 소설 〈바벨의 도서관〉은 고전이라 부르기엔 좀 어색합니다. 출간된 지 아직 100년도 지나지 않았으니까요. "아, 그 작품 말이지?" 제목만 들어도 누구나 알 만한 소설도 아니고요.

하지만 1941년 발표된 이 작품은 앞으로 점점 더 유명해지고, 오래도록 기억될 겁니다. 'AI가 등장하기 전에 AI를 미리 내다본 고전 소설'이라 칭송받으면서 말이죠. 이른바 'AI 안 나오는 AI 고전'입니다. AI 전문가인 김대식 카이스트 교수는 생성형 AI인 챗GPT와의 대화를 책으로 엮으면서 "챗GPT는 21세기 바벨의 도서관"*이라 말한 적도 있습니다.

도서관이 살아 있다

소설은 '무한의 도서관'에 대한 이야기입니다. 이 도서관은 육각형의 방이 끝없이 쌓여 있는 구조입니다. 각 층에는 스무 개의 책장이 있고, 책장마다 책이 가득 채워져 있습니다. 책 위에도 책, 책 아래에도 책인 셈이죠.

'표현 가능한 모든 것'이 이 도서관에 있습니다. 여기서 '모든 것'에는 '도대체 이런 걸 알아서 어디다 쓸까' 하는 지식마저 포함입니다. 미래의 상세한 역사, 대천사들의 자서전, 도서관의 정확한 색인 목록, 셀 수 없이 많은 거짓의 목록, 그런 목록들의 오류에 대한 증거, 진짜 목록의 오류에 대한 증거……

● 〈한국경제신문〉(2023. 02. 27).

　　　　　　　　　　　　　　　　　1부 역주행한 고전

책장에 꽂힌 각 책은 410쪽인데, 대부분이 무의미한 글자들입니다. 그 속에 세상의 진리가 살짝 숨겨져 있어요. 사람들은 도서관과 시간의 기원을 밝혀줄 책이 도서관에 있을 거라 기대합니다. 세상이 왜 이렇게 만들어지고 작동하는지 그 수수께끼를 도서관이 풀어줄 거라고요. 그래서 사람들은 불필요한 책을 없애는 방식으로 도서관을 정리하려고도 해봅니다. 그런데 도서관이 끝없이 거대하고 여기에 있는 책의 양이 너무나 방대해서 도저히 완벽하게 정리할 수가 없습니다.

이쯤 되면 소설은 챗GPT 같은 생성형 AI에 대한 우화처럼 읽힙니다. 생성형 AI는 정보의 바다인 인터넷에서 지식을 빨아들인 뒤 재가공해 무한대의 문장을 쏟아냅니다. 하지만 결국 그 결과물을 정돈하는 것은 인간의 몫이에요. 언덕 아래로 계속 굴러떨어지는 거대한 바위를 산꼭대기로 밀어 올리는 일을 영원히 반복해야 하는 시시포스처럼, 이제 인간은 AI의 오류를 찾고 바로잡는 불가능에 도전해야 합니다.

소설집 《픽션들》에 〈바벨의 도서관〉과 함께 실린 소설들은 보르헤스의 '무한한' 매력을 보여줍니다. 단편 〈두 갈래로 갈라지는 오솔길들의 정원〉은 시간과 가능성에 대한 소설입니다. 여기에는 미로 같은 정원이 나옵니다. 줄거리도 미로를 헤매듯, 주인공 유춘이 벌이는 살인 사건을 추적할 것처럼 시작했다가 엉뚱한 이야기로 이어집니다.

　때는 제1차 세계대전이 한창인 1916년. 중국계 독일인 스파이 유춘은 살인을 암호로 사용할 계획입니다. 영국군 포병대가 '앨버트시'에 새로운 주둔지를 마련했다는 사실을 비밀리에 베를린으로 전하려고 주둔지와 이름이 같은 사람, 앨버트를 찾아내 죽이기로 합니다. 살인 사건이 벌어지면 신문에 기사가 날 거고, 독일군이 그 기사를 읽으면 자기의 의도를 알아차릴 거라고 봤죠.

　그런데 유춘이 찾아간 앨버트의 집에는 미로 같은 정원이 있습니다. 마침 유춘의 증조부인 추이펀은 소설과 미로를 만드는 데 인생을 바친 사람이었고, 앨버트도 추이펀에 대해 잘 알고 있죠. 추이펀의 소설은 아무도 그 내용을 이해하지 못하고, 그의 미로에서는 모든 사람이 길을 잃습니다.

　앨버트는 추이펀의 소설과 미로가 닮아 있다고 주장합니다. 그는 소설도 미로도 모두 '시간'과 '가능성'에 대한 비유라고 말합니다. 미로에서 우리는 끊임없이 갈림길을 마주합니다. 두 갈래의 길 중 어떤 길로 향하는지에 따라 언제, 어디에 도착하는지가 달라집니다. 소설을 창작하는 과정도 마찬가지고요. 미로와 소설 둘 다 수많은 미래, 무수한 가능성을 향해 두 갈래로 뻗어 나갑니다. 하나의 미래를 선택하면, 하나의 미래는 버려집니다. 이렇게 생각하면 시간은 한 갈래로 흐르지 않습니다.

무한히 정보를 생산하며 계속해서 인간의 선택을 요구하는 세계. 한계를 짐작할 수 없는 미래. 이 이야기 역시 AI를 떠올리게 하지 않나요?

낙원에서 눈이 멀다

〈바벨의 도서관〉은 아르헨티나 문학의 거장, 보르헤스의 대표작입니다. 1899년 아르헨티나 부에노스아이레스에서 태어난 보르헤스는 시인이자 소설가, 평론가입니다. 그는 《부에노스아이레스의 열기》《작가》 등 시집과 《불한당들의 세계사》《알레프》《픽션들》 등 소설집을 발표하며 세계 문학사에 큰 영향을 미쳤습니다.

보르헤스는 시와 산문을 구분하는 건 무의미하다고 주장했고, 작품에서는 현실과 상상을 뒤섞었습니다. 난해하다는 평도 받았지만 이름난 작가들이 그의 팬이었어요. 자크 데리다(Jacques Derrida), 미셸 푸코(Michel Foucault), 움베르토 에코(Umberto Eco) 등 유명한 철학자와 소설가들이 그의 작품에 찬사를 아끼지 않았죠.

보르헤스와 도서관은 떼려야 뗄 수 없는 관계입니다. 변호사이던 그의 아버지는 어마어마한 장서를 갖춘 개인 도서관을 가지고 있었다고 합니다. 나중에 가세가 기울긴 했지만, 어린 시절 그 도서관에서의 경험 덕분인지 보르헤스는 언어 신동이었습니다. 여덟 살 때 이미 영어로 다섯 쪽 분량의 단편 소설을 써냈다고 해요. 열한 살 때에는 오스카 와일드(Oscar Wilde)의 동화 〈행복한 왕자〉를 에스파냐어로 번역해 신문에 투고합니다. 이때 번역자 이름이 '호르헤 보르헤스'라고만 실려서, 사람들이 보르헤스의 아버지인 호르헤 기예르모 보르헤스(Jorge Guillermo Borges)에게 찾아와 번역이 훌륭하다고 칭찬했다고 해요. 당연히 어른이 번역한 줄 안 거죠.

보르헤스는 도서관 사서로 오랫동안 일했어요. 그런데 그가 살던 1940년대 아르헨티나는 혼란스러웠습니다. 군인 후안 도밍고 페론(Juan Domingo Perón)이 1943년에 쿠데타를 일으키고, 3년 뒤에는 선거를 통해 대통령에 당선됩니다. 페론의 아내는 뮤지컬 덕에 유명해진 에비타, 에바 페론(Eva Perón)이죠.

당시 아르헨티나 지식인들은 페론에 반대하는 선언문을 발표했고, 보르헤스도 그들 중 하나였습니다. 독재자 아돌프 히틀러(Adolf Hitler)와 베니토 무솔리니(Benito Mussolini)를 지지한 페론에 동의하지 않았기 때문입니다. 보르헤스는 페론 정부에 반기를 든 대가를 혹독히 치릅니다. 도서관 사서이던 그는 동물 시

장의 가금류 검사관이라는 엉뚱한 직책으
로 전보 발령을 받은 뒤, 사표를 내고 도
서관을 떠납니다.

보르헤스를 모욕하려던 페론 정부의
공작은 오히려 그를 유명 작가로 만듭니
다. 졸지에 실직자가 된 그가 생계를 위해
문학 강연과 집필 활동에 집중했거든요.

호르헤 루이스 보르헤스.

1955년 다시 쿠데타가 일어나 페론이 해외로 추방됐고, 새로운
정권은 보르헤스를 국립도서관장에 임명합니다. 페론 정부가 준
모욕을 보상받은 셈이죠.

그런데 무슨 운명의 장난일까요. 보르헤스는 국립도서관장
에 임명된 해에 시력을 잃습니다. 더는 책을 볼 수 없게 된 겁니
다. 집안 대대로 시력이 약해 수술과 치료를 수차례 받았지만 끝
내 시력을 되찾지 못합니다. "천국이 있다면 틀림없이 도서관처
럼 생겼을 것"이라고 말한 그가 말이죠. 보르헤스는 한 인터뷰에
서 "나는 늘 낙원을 정원이 아니라 도서관으로 생각했다"며 "내
가 그 도서관을 얻었을 때, 난 장님이 됐다"●고 말했습니다.

● 호르헤 루이스 보르헤스 · 윌리스 반스톤, 《보르헤스의 말》, 서창렬 옮김, 마음
산책, 2015, 221~222쪽.

이 아이러니를 그는 〈축복의 시〉라는 작품으로 남기기도 합니다. 움베르토 에코의 베스트셀러 소설 《장미의 이름》에 보르헤스와 이름이 비슷한, '부르고스 사람 호르헤'라는 시각장애인 사서가 나오는 건 우연이 아닙니다.

다시, 도서관은 살아 있다

보르헤스는 작가이기 이전에 독서광이었습니다. 하지만 책을 무조건 읽어야 한다고 강요하는 사람은 아니었습니다. 그는 1980년 한 인터뷰에서 이렇게 말합니다. "난 의무적인 독서는 잘못된 거라고 생각해요. (……) 우리는 즐거움을 위해 책을 읽어야 해요. 나는 약 20년 동안 영문학을 가르쳤는데, 늘 학생들에게 이렇게 말했어요. '책이 지루하면 내려놓으세요. 그건 당신을 위해 쓰인 책이 아니니까요. 하지만 읽고 있는 책에 빠져드는 걸 느낀다면 계속 읽으세요.'"●

이쯤 되면 〈바벨의 도서관〉은 나를 빠져들게 만들 바로 그 책인지 궁금해지죠. 〈바벨의 도서관〉은 보르헤스의 대표작인데

● 《보르헤스의 말》, 212쪽.

도 찾아 읽기가 조금 까다롭습니다. 인터넷 서점에서 작품명을 검색하면 엉뚱한 책들이 나옵니다. 보르헤스가 기획한 세계 문학 시리즈들이에요. 그는 이탈리아의 출판인 프랑코 마리아 리치(Franco Maria Ricci)와 손잡고 자신을 행복하게 한 작가들의 작품을 추려 30여 권의 책을 냈습니다. 에드거 앨런 포(Edgar Allan Poe)의 〈도둑맞은 편지〉 등이 담긴 이 시리즈 이름을 '바벨의 도서관'이라고 지었습니다.

보르헤스가 쓴 단편 소설 〈바벨의 도서관〉을 읽고 싶다면 민음사 세계문학전집 중 그의 단편을 묶은 《픽션들》에서 찾을 수 있습니다. 그리고 이건 AI가 아니라 집 앞 도서관의 '인간' 사서가 알려준 사실입니다.

《변신》

프란츠 카프카

엄마, 내가 바퀴벌레가 되면 어떡할 거야?

바퀴벌레보다 지독한 '바퀴벌레 질문'이 있습니다. "엄마, 내가 바퀴벌레가 되면 어떻게 할 거야?" 질문을 던진 뒤에 반응을 보는 거예요. "지금처럼 변함없이 사랑하겠지"처럼 감동적인 답뿐만 아니라 "살충제 뿌려야지" "일단 밟을 거야" 같은 가차 없는 말도 소셜 미디어에 공유합니다. 연인이나 아이돌에게도 같은 질문을 던지고 반응을 살펴요.

한때 Z세대를 중심으로 유행한 이 바퀴벌레 질문 놀이의 원조는 프란츠 카프카(Franz Kafka)의 소설 《변신》(프란츠 카프카, 《변신·시골의사》, 전영애 옮김, 민음사, 2009)입니다. 1915년 출판된 이 소설은 '어느 날 자고 일어났더니 갑자기 벌레가 된 사람'의 이야기예요.

어떤 사람이 《변신》을 읽고 엄마에게 "내가 바퀴벌레가 되면 어떻게 할 거냐" 물은 뒤, 그 반응을 소셜 미디어에 올린 게 '변신 놀이' 유행을 이끌었어요. 그 뒤로 이 질문을 던지는 사람이 부쩍 늘었습니다. '내가 《변신》의 주인공이라면?' 상상해보는 셈이죠.

어느 날 아침 잠에서 깼더니

소설의 첫 문장은 강렬합니다. "그레고르 잠자는 어느 날 아침 불안한 꿈에서 깨어났을 때, 자신이 잠자리 속에서 한 마리 흉측한 해충으로 변해 있음을 발견했다."(13쪽) 그레고르의 등은 장갑차처럼 딱딱하게 변해버렸습니다. 간신히 고개를 들자 껍데기로 둥글게 싸인 갈색 배가 보이고, 형편없이 가느다란 여러 개의 다리가 눈에 들어옵니다.

그 와중에 그레고르는 출근 걱정부터 합니다. 새벽에 '북한이 미사일을 쐈다'는 잘못된 긴급재난문자를 받고도 '그럼 출근은 해야 돼, 말아야 돼?' '오늘 학교는 쉬는 거야, 마는 거야?' 고민하는 우리처럼요. 그레고르에게는 출근 걱정이 더 심할 수

밖에 없는 사정이 있습니다. 그는 외판원으로 일하며 집안의 생계를 책임지고 있어요. 부모의 빚을 갚으려 매일 새벽 5시 기차를 타고 출근하는 삶을 살았죠. 돈을 모아 내년에는 바이올린 연주 솜씨가 좋은 누이동생을 음악 학교에 입학시키는 게 그의 목표입니다. 그런데 이날은 아침 7시가 되도록 자리에서 일어나지 못하고 있어요. 믿기지 않는 현실 앞에 버둥거릴 뿐이죠.

문밖에서는 무슨 일이 벌어진 건지 걱정하는 가족들의 목소리가 들려옵니다. 성실하던 그레고르가 무단결근을 하자 회사 상사는 집까지 찾아왔고요. 뭔가 변명이라도 해봐야겠는데, 그레고르의 목소리는 짐승 울음소리처럼 변해버려 가족들도 그가 무슨 말을 하는지 알아듣지 못합니다.

그런데 진짜 변신을 한 건 그레고르가 아니라 그의 가족들인 걸까요. 그레고르를 대하는 태도가 이전과는 딴판이 돼버렸습니다. 남들과 다른 겉모습을 갖게 된, 그래서 의사소통이 힘들고 더 이상 돈도 못 벌어오는 그레고르를 가족들은 대놓고 멸시합니다. 그가 벌레가 된 후 아버지는 은행 수위로 근무하고, 어머니와 여동생은 양장점에서 바느질 일을 하며 돈을 벌기 시작해요. 그레고르의 빈자리를 지워가는 거죠.

한번은 방에서 불쑥 나온 그레고르를 보고 어머니가 놀라 기절하자, 아버지가 그를 향해 사과를 던져버립니다. 사과를 맞은 데다가 그 조각이 등에 박힌 그레고르는 시름시름 앓기 시작합니다. 몸을 움직이기 힘들어진 그가 방에 틀어박히자 가족들은 그를 제대로 돌봐주지 않습니다. 방을 제때 치워주지 않아 갈수록 지저분해지고, 챙겨주는 음식도 점점 허술해집니다.

그레고르가 애틋하게 여기던 누이동생은 급기야 부모에게 이렇게 말합니다. "이게 오빠라는 생각을 버리셔야 해요." 이렇게 흉측한 존재가 오빠일 리 없다고, 그러니 저 벌레를 계속 곁에 둘 필요가 없다고 누이는 부모를 설득합니다. 그리고 한술 더 떠서 이런 주장도 펼쳐요. 만약 저 벌레가 오빠라면 "사람이 이런 동물과 함께 살 수 없다는 것을 진작에 알아차리고 자기 발로 떠났을" 것이고 "그랬더라면 오빠는 없더라도 살아가면서 명예롭게 그에 대한 기억을 간직할 수 있을 거"라고요(79쪽).

누이동생의 말을 들은 그레고르는 힘없이 방으로 들어갑니다. 누이동생은 곧장 방문을 잠가버립니다. 다음날 가족들은 죽어 있는 그레고르를 발견합니다. 가족들은 어쩐지 홀가분해하며 소풍을 나서요.

전차를 타고 도시 근교로 향하는 가족들을 따스한 햇살이 비춰줍니다. 그들이 화기애애하게 대화를 나누는데, 그레고르의 부모는 갑자기 눈을 빛냅니다. 어느덧 "탐스러운 처녀"로 변한 딸을 바라보며 말없이 서로 눈빛을 교환합니다. 딸에게 착실한 신랑감을 구해줄 때가 됐다는 무언의 계획을 나누는 거죠. 딸에게 건실한 배우자를 소개해주려는 부모의 구상은 오로지 딸의 행복과 안정만을 위한 걸까요? 그레고르의 뒤를 이어 그의 누이가 집안의 돈줄 역할을 맡게 되고, 결혼이 그 유력한 수단인 건 아닐까요? 소설은 이렇게 섬뜩하게 끝이 납니다.

내가 벌레와 다른 이유는 뭘까

《변신》은 인간성이란 무엇인지 묻습니다. 인간을 인간이게끔 하는 건 대체 뭘까요. 소설에서는 그레고르의 겉모습이 변해버리고 말이 통하지 않으니 더 이상 인간이 아닌 존재로 취급하죠. 불쑥 이런 반감이 듭니다. '외모가 다르고 말이 잘 안 통한다고 인간으로서의 존엄성을 무시해버려도 되는 걸까? 그러면 우리는 신체적 결함이 있는 사람이나 의사소통이 힘든 이방인을 멸시해도 된다는 걸까?'

그레고르가 출근하지 못하는 몸이 됐다는 것도 의미심장합니다. 자본주의 사회에서 돈 벌 줄 아는 것, 노동자로서의 능력은 사람됨의 조건으로 꼽힙니다. 소설은 '일벌레'이던 그레고르가 그저 '밥버러지'가 돼버린 상황을 통해 묻는 듯합니다. "돈 벌지 못하는 사람은 더 이상 사람이 아닙니까?"

　이런 카프카의 문제의식에는 '직장인 카프카'로 살던 경험도 영향을 미쳤을 거예요. 카프카는 대학에서 법학을 공부하고 왕립노동자재해보험공사 관리로 근무했습니다. 지금으로 치면 산업 재해 업무를 담당하는 근로복지공단 직원 정도 될까요. 《변신》 등을 번역한 전영애 서울대 명예교수는 "(카프카는) 초기 산업화 사회의 산업 재해 피해자들을, 손가락이 잘렸는가 하면 여기저기 다치고 병든 사람들을 날마다 대했다. 현대사의 격동기를 체감하고 현대 사회의 문제들을 피부로 느꼈다"고 설명합니다.*

　소설을 읽다 보면 대체 '나'란 무엇인지 궁금해집니다. 내 겉모습이 다른 사람도 아닌 다른 종으로 그야말로 변신해버렸을 때, 내가 나인 걸 어떻게 타인에게 증명할 수 있을까요. 살면서 자기소개를 할 일이 참 많죠. 한번 생각해보세요. 내 얼굴을 가린 채 이름, 출신 지역이나 학교, 나이를 빼고 나를 어떻게 설명해낼 수 있을까요?

●　프란츠 카프카, 《돌연한 출발》, 전영애 옮김, 민음사, 2023, 44쪽.

　　　　　　　　　　　　　　　　　　　1부 역주행한 고전

도끼 같은 작가 카프카

카프카의 소설은 그다지 상상하고 싶지 않은 끔찍한 아침으로 독자를 불쑥 데려다 놓습니다. '도끼' 같은 글을 쓰는 카프카의 소설답죠. 카프카는 일상, 육체, 언어, 가족 등 우리가 당연하게 여기는 것들을 다시 바라보게 만드는, 서늘하고 날카로운 문학이 필요하다고 봤습니다.

그는 1904년 1월 친구 오스카 폴락(Oskar Pollak)에게 이런 편지를 보냈어요. "우리가 필요로 하는 것은 우리에게 매우 고통을 주는 재앙 같은, 우리가 우리 자신보다 더 사랑했던 누군가의 죽음 같은, 모든 사람들로부터 멀리 숲속으로 추방된 것 같은, 자살 같은 느낌을 주는 그런 책들이지. 책이란 우리 내면에 존재하는 얼어붙은 바다를 깨는 도끼여야 해. 나는 그렇게 생각해."[•]

카프카는 흔히 체코 문학을 대표하는 작가로 불리지만, 사실 그는 독문학사에서 빼놓을 수 없는 존재입니다. 독일어로 작품 활동을 했기 때문이죠. 1883년 체코(당시 오스트리아·헝가리제국 보헤미아) 프라하에서 태어난 카프카는 독일어를 쓰는 유대인 가정에서 나고 자랐습니다.

[•] 프란츠 카프카, 《행복한 불행한 이에게》, 서용좌 옮김, 솔출판사, 2017, 67쪽.

카프카의 삶은 '소외'라는 단어와 밀접합니다. 체코에서 태어났으나 프라하 시민 중 10분의 1 정도밖에 사용하지 않는 독일어를 모국어로 삼았고, 유대인이었으나 유대교 신앙은 없었죠. 그의 소설이 고립감과 낯섦이라는 감정, 상황을 주의 깊게 살피는 건 우연이 아닙니다.

카프카의 마음을 얼어붙게 한 최초의 바다는 아버지였습니다. 흔히 자식에게 아버지는 처음 맞닥뜨리는 권력, 첫 반항의 대상이기 마련이지만 카프카의 경우는 더 심했어요.

카프카의 아버지는 자수성가한 유대계 상인으로, 자녀들을 매우 엄격하고 권위적으로 대했습니다. 카프카가 죽기 5년 전에 쓴 《아버지께 드리는 편지》는 아버지를 향한 글이지만 결국 부치지 않았고, 일종의 자전 소설로 읽히기도 합니다. 이 글에서 카프카는 왜 내가 아버지를 두려워하는지 구구절절 풀어놓습니다. 카프카의 아버지는 아들을 가혹하게 훈육했어요. 어린 카프카가 잠에서 깨 목이 마르다고 보채자 속옷 바람에 발코니로 내쫓기도 합니다. 그는 문학을 동경하는 아들을 탐탁지 않게 여겼습니다. 예술에 흥미를 보이던 카프카가 법학과에 진학한 것도 아버지 때문이었다고 전해지죠.

카프카는 부치지 못한 편지에 이렇게 썼어요. "제 글쓰기의 주제는 아버지십니다. 아버지의 가슴에 안겨 푸념하지 못하는 것들만 글에서 털어놓았을 뿐입니다."[*]

프란츠 카프카.

작가 카프카는 생업이라는 현실과도 맞서야 했습니다. 그는 낮에는 재해보험공사 직원으로서 법률 고문 일을 했고, 퇴근 후에는 밤늦도록 글을 썼어요. 일터에서 때로는 원치 않은 글도 써야 했죠. 회사를 공격하는 기사가 나오면 이에 반박하는 일종의 언론 선전을 요구받았는데, 그런 날에 대한 기록이 그의 일기에 남아 있습니다. "재해보험공사에 찬성하고 반대하는 궤변의 기사를 썼다."[**]

그는 생전에 유명 작가로서 영광을 누리지는 못했습니다. 1924년 41세에 결핵으로 짧은 생을 마감한 후에야 주목받습니다. 카프카의 문학은 친구의 배신 덕에 빛을 봤어요. 그는 죽기 전 친구이자 동료 작가이던 막스 브로트(Max Brod)에게 자신의 원고를 불태워달라는 유언을 남겼지만, 친구는 이를 지키지 않았습니다. 브로트는 《성》《소송》《실종자》 세 편의 미완성 장편소설을 비롯해, 생전 세상에 공개하지 않은 카프카의 작품까지

●   프란츠 카프카, 《아버지께 드리는 편지》, 정초일 옮김, 은행나무, 2024, 101쪽.
●● 막스 브로트, 《나의 카프카》, 편영수 옮김, 솔출판사, 2018, 116쪽.

출간해버립니다. 그는 카프카가 사실은 출판을 바라며 자신에게 원고를 남겼을 거라고 주장했습니다.

브로트는 평전 《나의 카프카》에서 카프카의 일기와 편지 등을 인용하며, 그가 얼마나 글쓰기에 대해 깊이 고민하고 전념하고자 했는지 증언합니다. 어쩌면 카프카야말로 아버지를 향해 "내가 아무짝에도 쓸모없는 해충이 돼버리면 어떻게 할 건가요?" 묻고 싶었던 걸지도 모릅니다. 어떤가요, 여전히 소중한 사람들에게 "내가 바퀴벌레가 되면 나를 어떻게 대할 거야?"라는 질문을 선뜻 던질 수 있나요?

《페스트》

알베르 카뮈

재난 앞에 당신은
어떤 사람입니까

2023년 5월, 마침내 끝났습니다. 세계보건기구(WHO)는 코로나19 비상사태 종료를 선언했습니다. 식당에서 친구와 밥을 먹으려면 백신 접종 인증서를 내밀어야 하고, 마스크 없이는 외출을 못하고, 5인 이상 사적으로 모이면 신고당하던 3년여의 시간이 이제는 현실이 아니라 악몽처럼 느껴져요. SF 소설 속 얘기 같기도 하고요.

그런데 이런 감염병의 풍경을 예언한 소설이 2000년대도 아니고 1947년에 일찌감치 세상에 나와 있었습니다. 감염병에 대한 소설이라고 하면 빼놓을 수 없는 작품이죠. 알베르 카뮈(Albert Camus)의 소설 《페스트》(김화영 옮김, 민음사, 2011). 코로나19가

확산되자 '팬데믹을 예언한 고전'으로 새삼 널리 읽힌 작품입니다. 코로나19가 국내에 퍼지기 시작한 2020년 2월에 이 소설의 판매량은 전년 같은 기간보다 400퍼센트 이상 급증했고요.

이제 와서 지긋지긋한 감염병 이야기를 왜 다시 하냐고요? 그게 바로 지금 이 작품을 읽어야 하는 이유입니다. 이 소설은 페스트가 종식된 후에도 언제든 무시무시한 전염병이 다시 돌아올 수 있다는 암시를 남기며 끝납니다. 소설 속 등장인물인 의사 리유●가 '페스트균은 결코 소멸하지 않을 것'이라고 생각하는 대목은 서늘한 경고처럼 읽히죠. "시내에서 올라오는 환희의 외침 소리에 귀를 기울이면서, 리유는 그러한 환희가 항상 위협을 받고 있다는 사실을 상기하고 있었다. 왜냐하면 그는 그 기쁨에 들떠 있는 군중이 모르는 사실, 즉 페스트균은 결코 죽거나 소멸하지 않으며 (……) 또다시 저 쥐들을 흔들어 깨워서 어느 행복한 도시로 그것들을 몰아넣어 거기서 죽게 할 날이 온다는 것을 알고 있었기 때문이다."(401~402쪽)

애초에 소설은 페스트가 물러난 뒤에 그 시절을 돌이켜보는 형식으로 쓰였습니다. 도시를 할퀴고 간 전염병에 대해 "역사가

● 국립국어원의 외래어 표기법에 따르면 '리외(Rieux)'지만 흔히 '리유'로 표기하므로 이 책에서도 '리유'로 적었다.

1부 역주행한 고전

로서의 과업을 수행"하기 위해 연대기를 서술한다는, 일종의 서문이 소설 도입부에 붙어 있고요.

코로나19의 기억이 희미해진 지금 《페스트》를 다시 읽기엔 너무 늦었을까요? 아니, 지금이야말로 이 책을 읽기에 가장 알맞은 때일지도 몰라요.

재난을 맞닥뜨린 인간들의 자세

소설의 배경은 프랑스 식민지이던 알제리의 오랑. 도시의 쥐들이 원인 모르게 죽어 나가면서 이야기가 시작됩니다. "4월 16일 아침, 의사 베르나르 리유는 자기의 진찰실을 나서다가 층계참 한복판에서 죽어 있는 쥐 한 마리를 목격했다."(17쪽)

도시 곳곳에 자꾸만 쌓여가는 쥐 사체를 누군가는 장난일 거라, 누군가는 대수롭지 않은 일일 거라 넘겨버립니다. 훗날 사람들이 앓고 죽자 그게 전염병의 징후라는 걸 뒤늦게 알게 되죠.

질병의 이름을 사람들에게 공개하기 전에 전문가들끼리 고심하는 모습, 전염병으로 인해 외부로의 이동이 통제된 채 고립된 도시, 가제 마스크를 쓴 사람들, 장례식조차 금지당한 유족들, 생계를 위해 감염의 위험을 무릅쓰고 막노동에 뛰어든 사람들……. 감염병이 집어삼킨 오랑의 모습은 데자뷔를 느끼게 합니다.

하지만 《페스트》는 단순히 전염병의 풍경만 묘사하는 데 그치지 않습니다. 그랬다면 지금껏 고전으로 대접받기 힘들었겠죠. 이 소설의 묘미는 '사람'에 있어요. 작품은 재난을 통과하는 사람들의 다양한 태도를 보여줍니다.

의사 리유는 직업인의 존엄을 보여주는 인물입니다. 전염병의 확산을 막기 위해 폐쇄된 도시에서 그는 의료인으로서 사명을 다합니다. 사실 그야말로 도시 밖으로 뛰쳐나가고 싶은 사람일 거예요. 그의 아내는 폐결핵에 걸려 다른 도시의 요양원에 머물고 있거든요. 그가 오랑에 남아 환자들을 돌보는 사이에 그녀는 세상을 떠납니다.

리유는 '신도 믿지 않으면서 왜 그렇게까지 헌신하느냐'라는 질문까지 받아요. 세속적인 관점에서는 이해하기 힘들죠. 정부에서 어마무시한 돈을 주는 것도 아니고, 돈을 아무리 많이 준들 자신의 목숨보다 소중하진 않을 테니까요. 이참에 유명해져서 정치인이라도 되고 싶은 걸까요? 리유가 헌신하는 이유는 간단합니다. 그는 생각합니다. "저 매일매일의 노동, 바로 거기에 확신이 담겨 있는 것이었다. (……) 중요한 것은 저마다 자기가 맡은 직책을 충실히 수행해나가는 일이었다."(60쪽)

도시의 영웅은 또 있습니다. 오랑시청 서기인 조제프 그랑은 시민들이 조직한 보건대의 서기 역할을 하며 인구 과밀 지역의 방역 작업을 도와요.

가장 입체적인 인물은 파리에서 온 기자, 레몽 랑베르입니다. 그는 오랑에 연고가 없습니다. 취재차 오랑에 왔다가 봉쇄 탓에 갇혀버리자 몰래 탈출할 계획을 세우죠. 자신이 빠져나가면 페스트균 역시 오랑을 빠져나가게 될 테고, 그러면 다른 도시에 전염병을 퍼뜨릴 위험성이 있는데도 말이에요. 랑베르가 필사적인 건 파리에 있는, 사랑하는 약혼녀를 만나고 싶기 때문입니다. 그런데 그는 결국 오랑에 남아 사람들을 돕기로 마음을 바꿉니다. 리유가 아내와 떨어진 채 자신의 책임을 다하고 있다는 걸 전해 들었거든요. 랑베르는 끝내 말합니다. "혼자만 행복하다는 것은 부끄러운 일이지요."(272쪽) 아들이 감염 증상을 보이자 원칙대로 의사에게 신고한 오통 판사 역시 재난에 대처하는 인간의 품격에 대해 생각하게 만듭니다.

물론 모두가 공동체를 위해 희생하는 건 아닙니다. 도시의 '빌런'도 있습니다. 성직자 파늘루는 기도하자며 군중을 불러들여요. 사리사욕을 채우려는 건 아니었습니다. 그는 페스트는 타락한 인간에게 신이 주는 형벌이니, 회개하고 기도해야 한다고 믿었습니다. 사람들이 모이면 전염병도 몰려들죠. 그는 결국 전염병을 퍼뜨리는 데 일조합니다.

밀수업자 코타르는 도시 봉쇄로 오히려 이득을 본 사람입니다. 그는 페스트 종식 이후 축제를 열며 기뻐하는 도시 사람들을 향해 총기 난동이라는 충격적인 범죄를 저지릅니다.

페스트와 싸우는 유일한 방법은

소설은 페스트가 물러나고 활기를 되찾은 도시의 풍경도 생생하게 묘사합니다. 사람들이 광장마다 모여들어 춤을 추는 대목은 어떤 약동을 느끼게 합니다. "교통량은 지체 없이 현저하게 증가해, 수가 늘어난 자동차들은 사람들이 밀려든 거리거리를 간신히 통과하고 있었다. 시내의 모든 종들이 오후 내내 힘껏 울렸다. 종들은 푸르른 황금빛의 하늘을 그들의 진동으로 가득 채워놓았다."(385쪽)

이런 생기 넘치는 풍경을 가능하게 한 건 영웅 한 사람이 아니에요. 소설은 평범한 사람들의 묵묵한 헌신을 담담하게 그립니다.

페스트가 한창일 때 랑베르는 리유에게 '영웅이 되고 싶은 거냐'고 묻습니다. 리유는 답합니다. "이 모든 일은 영웅주의와는 관계가 없습니다. 그것은 단지 성실성의 문제입니다. 아마 비웃음을 자아낼 만한 생각일지도 모르나, 페스트와 싸우는 유일한 방법은 성실성입니다." 랑베르가 다시 성실성이 대체 뭐냐고 묻자 리유가 말합니다. "일반적인 면에서는 모르겠지만, 내 경우로 말하면, 그것은 자기가 맡은 직분을 완수하는 것이라고 알고 있습니다."(216쪽)

'자기가 맡은 직분을 완수하는 것'. 말처럼 쉽지 않죠. 특히 재난 상황에서는요. 위기를 마주했을 때 타인이 위험에 처할 걸 알면서도 자신의 직분을 내던지는 사례를 우리는 종종 목격합니다. 선장이 침몰하는 배에 승객들을 남겨둔 채 가장 먼저 도망치고, 나라가 부도나자 대통령이 해외로 도주합니다. 하지만 우리가 인간에게서 간신히 희망을 발견할 수 있다면, 크고 작은 희생을 감수하면서까지 자신의 본분을 다해 결국 공동체를 지켜내는 이들 덕일 겁니다.

코로나19 팬데믹을 통과한 뒤 다시 읽는 《페스트》는 이렇게 묻는 듯합니다. "팬데믹 3년간 당신은 어떤 사람이었나요? 또 다른 재난 앞에서 당신은 어떤 태도를 취할 건가요?"

이방인으로 살다 간 작가

어떤 삶은 재난에 맞서듯 살아내야 하죠. 카뮈는 평생을 '이 방인'으로 산 작가입니다.

1913년 알제리 드레앙(당시 지명은 몽도비)에서 태어난 카뮈는 순탄치 않은 어린 시절을 보냈습니다. 그는 이민 3세대였죠. 카 뮈가 태어나기 훨씬 전인 1830년대부터 프랑스가 알제리를 점 령하고 있었습니다. 프랑스는 식민지 지배를 위해 알제리로 이 주하는 자국민에게 농지와 주택을 제공했고, 카뮈의 할아버지는 이 무렵 프랑스를 떠나 알제리행을 택합니다. 그러나 이민자의 삶은 척박했습니다. 포도 농장 노동자이던 카뮈의 아버지는 전 쟁터에 군인으로 끌려갔다가 목숨을 잃었고, 어머니는 가정부로 일하며 카뮈를 키웁니다. 식민지의 종주국인 프랑스인이지만 알 제리의 빈민층으로 살던 경험은 훗날 그가 알제리 독립 문제에 대해 독특한 입장을 취한 배경을 짐작하게 합니다.

작가이자 철학자인 카뮈의 결정적 순간은 그의 나이 열일곱 살에 찾아옵니다. 이때 카뮈는 평생의 스승을 만납니다. 프랑스 의 철학자 겸 소설가인 장 그르니에(Jean Grenier)가 카뮈가 다니 던 알제의 그랑 리세(중고등학교) 철학 교사로 온 거죠. 나중에 소 르본대 미학·예술학 교수를 지낸 그르니에는 카뮈에게 글을 써보라고 제안했고, 두 사람은 카뮈가 죽기 전 30년 동안 편지를 주고받을 정도로 돈독한 사제지간이자 동료 작가로 지냈습니다.

카뮈는 생계를 위해 신문 기자 등을 전전하며 창작 활동을 이어갑니다. "오늘 엄마가 죽었다. 아니, 어쩌면 어제."[•] '문학사를 통틀어 가장 싸가지 없는 첫 문장'으로 유명한 소설 《이방인》을 1942년에 발표하며 이름을 알렸습니다. 이후 에세이 《시시포스 신화》, 희곡 〈칼리굴라〉 등 활발한 작품 활동을 펼쳤습니다. 1947년 출간한 《페스트》는 발표 즉시 큰 반향을 일으켰고, 카뮈는 1957년 44세의 젊은 나이로 노벨 문학상을 받습니다.

하지만 그가 노벨 문학상을 거머쥐었을 때 반대 여론도 만만치 않았습니다. 카뮈가 알제리 독립 전쟁에 반대하는 입장을 밝혔기 때문입니다. 물론 그가 프랑스의 폭력을 옹호한 건 아닙니다. 자신의 복잡한 성장 배경 때문이었을까요. 카뮈는 그저 프랑스와 알제리가 갈라서는 것을 원치 않았고, 독립 전쟁 중 벌어지는 폭력 사태를 경계했을 뿐입니다. 하지만 100년 넘게 식민 지배에 시달린 알제리 사회, 그들을 지지하는 다른 나라 국민들은 카뮈를 선뜻 이해하지 못했습니다. 그는 프랑스에서도 알제리에서도 이방인이었습니다. 식민 지배에서 벗어난 알제리에서

● 알베르 카뮈, 《이방인》, 김화영 옮김, 민음사, 2019, 13쪽.

카뮈를 기리는 기념비 같은 유적은 훼손되고, 그의 이름은 거의 지워지다시피 했다죠.

한마디로 정의하기 힘든 인생입니다. 그래서일까요? '부조리'는 카뮈의 철학과 작품을 설명하는 키워드입니다. 카뮈가 여러 형식의 글을 통해 말한 건 결국 하나입니다. 인생은 부조리하다는 것. 삶에 의미란 없다는 것. 여기서 끝난다면 인간은 살아야 할 이유가 없고 그의 작품은 공허할 뿐일 텐데, 카뮈는 부조리한 인생을 한탄하는 데서 멈추지 않습니다. 이 참혹한 현실과 죽음의 공포에 맞설 때 비로소 인간의 희망을 발견할 수 있다고 카뮈는 말합니다. 카뮈는 《페스트》를 완성한 뒤 스승 그르니에에게 보낸 편지에서 "인간은 결백하지 않고 '또한' 유죄인 것도 아닙니다. 이 모순에서 어떻게 빠져나올 수 있을까요? 리유(저)가 말하고자 하는 것은 치유할 수 있는 것은 치유해야 한다, 이겁니다"●라고 썼습니다.

그런 카뮈의 죽음은 한 편의 부조리극 같습니다. 1959년 12월 그는 그르니에에게 저작 《섬》의 새로운 판본을 보내달라는 편지를 부칩니다. 《섬》의 전설적인 추천사 겸 서문을 카뮈가 썼

● 알베르 카뮈·장 그르니에, 《카뮈-그르니에 서한집》, 김화영 옮김, 책세상, 2012, 219쪽.

1부 역주행한 고전

는데, 그 글이 실린 책을 확인하고 싶어서였죠. 책을 읽지 않곤 못 배기게 만든다는 그 유려한 서문 말이에요.

하지만 카뮈는 책을 받아보지 못하고 자동차 사고로 삶을 마감합니다. 그는 생전 인터뷰에서 "자동차 사고로 죽는 것보다 더 의미 없는 죽음을 상상할 수 없다"고 말한 적이 있습니다. 카뮈가 사망한 뒤에 배송된 그르니에의 책에는 이런 편지가 동봉돼 있었습니다. "이제 이 책은 내 것이라기보다는 당신의 것이라고 해야겠어요. 건강하시오. 1960년 1월 1일, 장 그르니에."●

● 《카뮈-그르니에 서한집》, 425쪽.

2부

예술을 낳은 예술

사랑받는 작품은 또 다른 작품을 탄생시킵니다.
활자에서 무대와 스크린까지, 고전은 당신 곁에 있습니다.

《몬테크리스토 백작》

알렉상드르 뒤마

모든 것이 완벽한 결혼식이었습니다. 태양이 맑게 빛나는 날씨, 나무 넝쿨이 멋스럽게 드리운 식장, 그 마당에서 열린 피로연……. 신랑은 프랑스 무역선 파라옹호의 일등 항해사 에드몽 당테스. 직전 항해 중에 르클레르 선장이 세상을 떠나면서 젊은 나이에 선장으로 초고속 승진을 앞두고 있죠. 신부 메르세데스는 그리스 여신 같은 아름다움과 빛나는 미소로 행복을 뽐내고 있습니다. 두 사람은 잔치를 마치고 한 시간 뒤쯤 시청에 가서 혼인 서약을 하고 정식 부부가 될 예정입니다.

이 기쁜 날에 경찰들이 들이닥칩니다. 체포 영장을 들고 와 신랑을 그 자리에서 붙잡아갑니다. 검찰의 명령이라면서 무슨 죄로 잡아가는지도 제대로 설명하지 않아요. "뭔가 착오가 있을 거야." 에드몽은 오히려 친구들을 진정시키고 자진해 수갑을 찹니다. 그렇게 경찰을 따라간 새신랑은 외딴섬의 감옥에 14년간 갇히고 맙니다.

복수극의 원조

고전 소설은 그 시대의 넷플릭스요 유튜브입니다. 그렇게 생각하면 알렉상드르 뒤마(Alexandre Dumas)의 소설 《몬테크리스토 백작》(오증자 옮김, 민음사, 2002)을 당대에 읽은 독자들은 얼마나 재밌었을까 싶어요. 오해, 배신, 탈옥 그리고 복수. 요즘 유행하는 표현을 빌리자면 '도파민이 터지는' 자극적인 작품이거든요. 2000쪽이 넘지만 눈을 뗄 수 없는 사건들이 계속 이어집니다. 반전의 연속이에요. 등장인물들이 얽히고설키며 작품 초반 던져둔 '떡밥'을 후반에 회수하는 솜씨가 일품입니다. 이 이야기가 끊임없이 연극, 드라마, 영화, 뮤지컬 등으로 제작되는 이유죠.

모든 건 사랑과 질투에서 시작됐습니다. 새신랑 에드몽이 억울한 옥살이를 하게 된 건 메르세데스를 흠모하던 사촌 오빠(그 시대 유럽에서는 가능한 관계였습니다) 페르낭의 가짜 고발장 때문이었습니다. 페르낭은 술에 취해 '에드몽은 보나파르트당원'이라는 글을 익명으로 적어 검찰에 보냅니다. 말하자면 체제를 전복시키려는 반역자라고 고발한 거죠.

페르낭 혼자 저지른 일이 아니에요. 에드몽의 동료 당글라르가 옆에서 부추기고, 에드몽의 이웃 카드루스는 방관합니다. 당글라르는 페르낭을 위하는 척했지만, 사실은 자신이 저지른 회계 부정을 에드몽이 눈치챈 것 같아 두려워하고 있습니다. 에드몽이 선장이 되는 게 질투도 나고요. 당글라르는 에드몽이 죽은 선장의 부탁으로 항해 도중에 나폴레옹이 유폐된 엘바섬에 들러 그와 짧은 대면을 한 걸 고발 근거로 듭니다.

심문을 받게 된 에드몽은 선량해 보이는 젊은 검사 빌포르를 믿고 그간 벌어진 일을 솔직하게 털어놓습니다. 나폴레옹을 만난 건 사실이지만 별 대단한 대화를 나누지 못했고, 파리로 편지 한 통을 전해달라는 부탁을 받았을 뿐이라고요. 빌포르는 그 편지를 펼쳐보더니 '이건 당신에게 불리한 증거니까 비밀로 하자'면서 불에 태워버립니다. 안심하고 빌포르의 말대로 낯선 남자들을 따라간 에드몽은 집에 돌아가는 대신 외딴섬 위의 감옥, 악명 높은 이프성에 내던져집니다. 에드몽은 몰랐지만, 편지에는 빌포르의 아버지 누아르티에가 반역을 꾸미는 내용이 담겨 있었거든요. 빌포르는 그 사실을 숨기려 에드몽을 무기징역에 처합니다.

에드몽은 영문도 모른 채 끝없는 옥살이를 시작합니다. 이유도 모르고 15년간 갇혀 있던, 영화 〈올드보이〉 속 오대수(최민식 분)가 생각나죠? 이 영화에는 오대수더러 몬테크리스토 백작이라고 부르는 장면도 나옵니다.

기약 없는 옥살이를 하던 에드몽은 무려 14년 만에 극적으로 탈출합니다. 함께 벽을 파며 탈옥을 계획하던 옆방 수감자 파리아 신부가 병으로 죽자, 그의 시체를 자신인 척 눕혀놓고 파리아 신부의 시체 포대에 몸을 숨깁니다. 시체 포대에 들어간 에드몽은 어떻게 감옥 밖으로 나왔을까요? 이 부분이 압권이니 직접 읽어보시길 권합니다.

당신의 적은 과거의 당신

파리아 신부는 에드몽에겐 은인입니다. 감옥에서 에드몽에게 에스파냐어·영어·독일어와 여러 학문을 가르쳐주고, 사건의 전모를 추리해 에드몽을 구렁텅이에 빠뜨린 범인들을 짚어내죠. 또 에드몽의 탈옥을 도울 뿐만 아니라 그를 어마어마한 부자로 만들어줍니다. 자신이 상속받은 보물이 숨겨진 몬테크리스토섬의 비밀을 알려주거든요.

금화와 다이아몬드, 각종 보석을 손에 넣은 에드몽은 자신의 정체를 숨기고 '몬테크리스토 백작'으로 변신해 고향 마르세유로 돌아갑니다. 에드몽이 갇혀 있는 사이에 아버지는 굶어 죽고, 약혼녀 메르세데스는 다름 아닌 페르낭과 결혼했습니다. 에드몽은 피가 거꾸로 솟을 지경이겠죠.

이때부터 몬테크리스토 백작의 치밀한 복수극이 시작됩니다. 영리한 그는 단순무식하게 악인들을 찾아가 해치지 않아요. 사교계에 화려하게 등장해 악인들의 호감을 산 뒤 약점을 파악해 서로 배신하도록 유도하거나, 자기 꾀에 스스로 빠지도록 설계합니다.

악인들은 에드몽에게 저지른 죄만으로, 그의 복수만으로 파멸하지는 않습니다. 오히려 이들이 맞는 파국은 자멸에 가까워요. 과거에 자신들이 저지른 죄가 부메랑처럼 되돌아오거든요. 예컨대 페르낭은 전쟁에서 공을 세워 '모르세르 백작'으로 떵떵거리며 지내고 있었는데, 에드몽의 제보로 전쟁터에서 자행한 반역 행위가 신문에 보도되며 모든 것을 잃습니다. 명예와 가족 전부요.

또 은행가가 된 당글라르에게는 매력적인 딸 외제니가 있는데, 그는 딸의 행복보다 부자와 결혼시켜 돈을 뜯어내려는 욕심이 우선입니다. 이걸 아는 에드몽은 당글라르가 우연히 마주친 가짜 이탈리아 귀족을 사위로 삼게 한 다음, 결혼식 날 가짜 귀족이 체포되도록 만듭니다. 마치 에드몽이 결혼하는 날 그랬듯이요. 이때 외제니의 행동도 소소한 반전이죠. 자유를 꿈꾸고 결혼을 원치 않던 외제니는 친구 다르미와 함께 집을 훌쩍 떠나 더 넓은 세상을 향해 나아갑니다. 마치 영화 〈아가씨〉 속 두 주인공처럼요.

이 작품의 또 다른 악역은 '시대'입니다. 작품의 배경은 프랑스 왕정복고 시대예요. 나폴레옹이 몰락하자 프랑스 대혁명 이후 추방된 부르봉 왕가가 다시 왕위에 오릅니다. 단두대에서 처형된 루이 16세의 동생 루이 18세가 왕좌를 차지한 혼란스러운 시대, 왕정을 옹호하는 왕당파와 나폴레옹을 지지하는 보나파르트파가 권력을 놓고 엎치락뒤치락 씨름합니다.

에드몽은 이 시대에 휘말립니다. 파라옹호의 선주 모렐은 나폴레옹이 엘바섬에서 탈출해 권력을 되찾은 '백일천하'가 찾아오자, 에드몽을 감옥에서 구해내기 위해 그가 열성적인 보나파르트당원이었다고 거짓 증언을 합니다. 하지만 백일천하는 나폴레옹 군대가 워털루 전투에서 패하면서 말 그대로 100일 만에 끝났고, 다시 루이 18세가 파리로 돌아옵니다. 모렐의 증언은 고스란히 에드몽을 석방할 수 없는 근거로 활용되고요. 애초에 에드몽이 보나파르트당원이라는 누명을 쓴 것도 왕정파와 보나파르트파가 뒤섞여 서로의 눈치를 보던 시대였기에 벌어진 일이었죠. 공고하던 신분제 질서가 뒤흔들린 시기였기에 에드몽이 몬테크리스토 백작으로 변신할 수 있었습니다.

피의 복수를 마친 몬테크리스토 백작은 속이 후련했을까요? 그는 잇따른 죽음 앞에 행복을 느끼지 못합니다. 남의 불행을 보면서 마냥 행복하기란 쉽지 않죠. 그는 파리를 떠나며 이런 말을 남깁니다. "이 세상에는 행복도 불행도 없습니다. 오직 하나의 상태와 다른 상태와의 비교만이 있을 뿐입니다. 그러므로 가장 큰 불행을 경험한 자만이 가장 큰 행복을 느낄 수 있을 겁니다." (5권 449쪽) 깨달음을 얻은 그는 비로소 절망이 아닌 희망을 말합니다. "신이 인간에게 미래를 밝혀주실 그날까지 인간의 모든 지혜는 오직 다음 두 마디 속에 있다는 것을 잊지 마십시오. 기다려라! 그리고 희망을 가져라!"(5권 450쪽)

연극 무대에서 내공을 쌓은 소설가

《몬테크리스토 백작》의 흡입력 있는 전개, 소설 속 장면을 구체적으로 상상하게 만드는 생생한 묘사는 뒤마의 무대 이력

덕분에 가능했습니다.

뒤마는 1802년 빌레르코트레라는 작은 마을에서 태어납니다. 그의 아버지는 프랑스 귀족과 산토도밍고 출신 흑인 사이의 사생아로, 프랑스 대혁명 전에는 일반 병사에 불과했으나 나폴레옹 군대에서는 장군이 됩니다. 시대의 소용돌이 한복판에 있던 셈이죠.

아버지가 세상을 떠난 뒤 집안 살림이 어려워지자, 뒤마는 생계를 위해 파리로 향합니다. 그곳에서 연극계에 발을 들이죠. 극장에서 글쓰기의 기초를 닦은 그는 극적인 이야기, 성격과 특징이 살아 있는 등장인물, 연극 지문처럼 생생하고 구체적인 동작 묘사를 무기 삼아 소설을 써냅니다. 《몬테크리스토 백작》만 해도 그래요. 예컨대 카드루스가 백작의 집에 침입할 때, 뒤마는 그가 어둠 속에서 유리창에 작은 구멍을 내고 그곳으로 손을 집어넣어 걸쇠를 푸는 장면을 긴장감 있게 그려냅니다. 《몬테크리스토 백작》《삼총사》를 비롯한 그의 소설은 발표 직후 큰 인기를 끕니다.

《몬테크리스토 백작》은 실제 인물에서 소재를 얻었다고 전해집니다. 한 남프랑스 출신 청년이 영국 스파이라는 누명을 쓰고 감옥에 갇혔는데, 사실은 그의 약혼녀를 빼앗기 위해 누군가 모함한 것이었죠. 훗날 자유를 찾은 남자는 파리로 돌아왔지만 이미 약혼녀는 원수와 결혼한 뒤였고, 그가 복수를 벌였다는 경찰의 사건 기록이 남아 있다고 합니다.

알렉상드르 뒤마.

문학적 재능도 유전인 걸까요. 뒤마의 아들은 오페라 〈라 트라비아타〉의 원작 소설 〈춘희〉를 쓴 뒤마 2세입니다. 두 사람을 구별하기 위해 뒤마는 '아버지'라는 뜻의 단어를 붙여 알렉상드르 뒤마 페르(père), 뒤마 2세는 '아들'을 붙여 알렉상드르 뒤마 피스(fils)라고 부르기도 합니다. 2002년 11월 뒤마 탄생 200주년을 기념해, 그의 유해를 프랑스의 영웅과 대문호가 묻힌 판테온으로 이장했습니다.

《레 미제라블》

빅토르 위고

죄수가 예수가 되는 이야기

《몬테크리스토 백작》과 비슷한 시기를 다룬 또 다른 고전, 역사적 베스트셀러가 있습니다. 바로 빅토르 위고(Victor Hugo)의 소설 《레 미제라블》(정기수 옮김, 민음사, 2012)입니다. 프랑스 대혁명 이후 왕정복고 시대와 1832년 6월 봉기를 작품의 배경으로 삼았죠. 이 소설을 바탕으로 만든 뮤지컬이나 영화가 워낙 유명해, 줄거리를 대략 알고 계신 분들이 많을 거예요. 빵 하나 훔쳤다가 19년간 감옥살이를 한 사나이, 장 발장에 대한 이야기라고요.

하지만 이 소설에서 중요한 건 감옥살이 이후입니다. 《몬테 크리스토 백작》과는 정확히 반대편에 있는 이야기라고 할 수 있습니다. 《몬테크리스토 백작》이 '복수심에 일생을 바친 인간'에 대한 이야기라면, 《레 미제라블》은 '용서가 한 인간을 어디까지 바꿔놓을 수 있는가'에 대한 이야기거든요.

복수만큼 무서운 용서

영화 《레 미제라블》 혹은 뮤지컬에 반해 원작 소설을 읽기로 한 당신. 책을 보자마자 분명히 당황했을 겁니다. 일단 총 2500쪽이 넘는 '벽돌책'을 보고 겁에 질렸을 테고, 거기에다 1권을 펼치면 장 발장이 아닌, 웬 엉뚱한 인물에 대한 설명이 장황하게 이어지거든요.

《레 미제라블》의 문을 여는 인물은 샤를 프랑수아 비앵브뉘 미리엘이라는 사내입니다. 일흔다섯 살쯤 된 노인인데, 프랑스 고등법원 판사의 아들로 귀족 가문 출신이에요. 혁명이 일어나자 집안 사람들은 학살되거나 추방돼 뿔뿔이 흩어졌습니다. 미리엘 역시 이탈리아로 망명했죠. 한때 결혼했으나 아내가 폐병으로 일찍 죽었고요. 혼자 남은 그가 어떤 삶을 살았는지는 자세히 알 수 없는데, 그가 프랑스로 돌아왔을 때 사제가 돼 있었다는 것만은 분명합니다.

세월이 흘러 주교가 된 미리엘은 어쩌면 《레 미제라블》의 진정한 주인공입니다. 그는 옥살이를 마치고 정처 없이 떠돌던 장 발장을 자신의 집으로 따뜻하게 맞아들입니다. 장 발장은 굶주린 조카들을 위해 빵을 훔친 죄로 5년, 네 번의 탈옥 기도로 14년, 총 19년의 징역을 살고 막 출소했습니다. 사람들은 전과자인 그를 냉대하고, 해는 속절없이 저뭅니다. 당장 잠잘 곳조차 없던 장 발장을 미리엘 주교가 구해준 거죠.

그런데 장 발장은 자신을 거둬준 미리엘에게 감사 인사를 하는 대신 그의 유일한 사치품, 은그릇을 새벽에 몰래 훔쳐 달아납니다. 사람들에 대한 증오심과 앞으로 이 거친 세상을 홀로 살아가야 한다는 막막함이 뒤섞여 벌인 일이었죠.

아시다시피 장 발장은 도둑질에도 도망에도 재능이 없어요. 얼마 못 가 경찰의 검문에 붙잡힌 그는 주교 앞에 끌려옵니다. 그러자 미리엘은 은그릇은 자신이 선물한 것이라며 은촛대까지 내줍니다.

"장 발장, 나의 형제여, 당신은 이제 악이 아니라 선에 속하는 사람이오. 나는 당신의 영혼을 위해 값을 치렀소."(1권 193쪽) 미리엘 주교의 속삭임은 장 발장의 인생을 바꿔놓습니다. 죄수 장 발장은 이전까지만 해도 인생에 미련이 없었습니다. 그의 딱한 사정에 아무도 귀 기울여주지 않고 멸시만 하는데 선하게 살아야겠다는 마음을 품을 리가 없죠. 미리엘의 대가 없는 용서와 위로를 겪은 뒤 장 발장은 악하게 살지 못하는 몸이 돼버렸습니다. 굴뚝 청소부 소년이 흘린 동전을 무심코 주웠다가 양심의 가책에 어쩔 줄을 몰라요. 장 발장은 고백합니다. "그 신부의 용서는 자기에 대한 최대의 공격이요 가장 무서운 타격"(1권 201쪽)이라고요.

시간이 흘러 장 발장은 마들렌이라는 가짜 이름으로 프랑스 북부의 도시 몽트뢰유쉬르메르에서 사업에 성공하고, 선행을 베풀어 시장의 자리까지 오릅니다. 이제는 장 발장이 또 다른 사람의 인생을 구할 차례입니다. 자신의 공장에서 일하다 억울하게 쫓겨나 매춘부가 된 팡틴이 죽어가자, 장 발장은 그녀가 다른 도시 여관에 맡겨 기르던 딸 코제트를 책임지기로 약속합니다. 그런데 사복형사 자베르가 자꾸 그의 정체를 의심합니다. 죄수들은 석방 이후에도 일정한 구역을 떠나면 안 되기 때문에 장 발장은 도망자 신세입니다. 가여운 코제트를 지켜주려면 정체를 들켜서도 붙잡혀서도 안 되는데 말이죠. 장 발장은 우여곡절을 겪어내며 코제트를 키웁니다. 훗날 코제트는 부르주아 청년 마리우스와 사랑에 빠지고, 그가 공화주의자들의 혁명에 가담하면서 장 발장은 이 연인의 행복을 지키기 위해 목숨까지 겁니다.

장 발장의 일생이 막바지에 다다르자, 소설은 이렇게 말합니다. "이 죄수는 예수로 변모하고 있었다."(5권 470쪽) 천대받던 인간, 사회를 증오하던 죄수는 미리엘 한 사람의 용서로 180도 다른 삶을 삽니다. 신을 떠올리게 할 정도로 타인을 향해 아낌없는 사랑과 헌신을 베풀어요.

대하소설의 맛을 알려주는 작품

'영화나 뮤지컬 놔두고 왜 이 긴 책을 읽어야 해?'라고 생각하실 수 있습니다. 하지만 영화나 뮤지컬에는 생략한 부분이 많아요. 소설은 긴 만큼 각 인물에 대한 설명이 풍부하고, 영화와 뮤지컬에서 감춰진 이야기들이 전체 줄거리에 대한 이해도를 높입니다.

예컨대 소설은 장 발장을 마냥 천사로 그리지 않습니다. 그역시 끝없이 고민하는 인간입니다. 그래서 더 공감이 가죠. 마들렌으로 신분을 속이고 살던 장 발장은 어느 절도범이 장 발장이라는 누명을 쓰고 감옥에 갈 위기라는 걸 알게 된 후, 자기가 대신 잡혀가기 위해 재판이 열리는 북동부 도시 아라스로 밤새 마차를 달립니다. 어찌나 급하게 말을 몰았는지 도중에 마차가 고장 나버립니다. 그런데 마차를 빨리 고칠 방법이 없다는 목수의 말에, 장 발장은 자기도 모르게 기뻐합니다. 자신은 최선을 다했지만 못 간 거라고 스스로를 위안하기도 하고요. 그러다 동네 꼬마가 다른 마차를 구해다 주니, 사례도 하지 않고 퉁명스럽게 다시 아라스로 향합니다.

자베르라는 인물도 소설에서 더욱 매력적입니다. 그가 평생 장 발장을 쫓은 건 '불법은 나쁘다' '죄수는 응징해야 한다'고 철석같이 믿었기 때문입니다. 이런 신념이 세상에 도움이 된다고 확신했기에, 자신의 직업에 최선을 다합니다. 그런 자베르가 장 발장의 헌신과 사랑에 감동받은 뒤 가치관의 붕괴를 경험하는 대목을 읽다 보면, 선과 악을 구분하는 건 간단하지 않다는 진리를 곱씹게 됩니다.

"그는 아무리 몸부림을 쳐도, 마음속으로 그 죄인의 숭고함을 인정하지 않을 수 없었다. (……) 자선을 베푸는 범죄자, 동정심 많고, 온화하고, 돕기를 좋아하고, 관대하고, 악을 선으로 갚고, 증오를 용서로 갚고, 복수보다 연민의 정을 선호하고, 적을 파멸시키기보다 자신을 파멸시키기를 더 좋아하고, 저를 때린 자를 구조하고, 덕 위에서 무릎을 꿇고, 인간보다 천사에 더 가까운 징역수! 자베르는 이런 괴물이 존재한다는 것을 자인하지 않을 수 없었다."(5권 254쪽)

소설에서 주요하게 대립하는 인물이 장 발장과 자베르라면,

2부 예술을 낳은 예술

또 하나의 축은 왕정과 민주정의 갈등입니다. 이 작품의 시대적 배경은 1815년부터 1833년까지, 혁명의 불길이 꺼질 듯 꺼지지 않고 다시 타오르던 때입니다. 1789년 프랑스 대혁명으로 시민들 사이에서는 민주주의를 향한 기대가 커졌지만 로베스피에르의 공포 정치, 나폴레옹 1세의 황제정을 거쳐 부르봉 왕가가 부활합니다. 1830년 7월 혁명으로 드디어 공화정 시대가 열리는 줄 알았지만 입헌 군주정으로 돌아섰고요. 새로운 왕도 부르주아의 이익만을 대변한다는 생각에 사람들의 분노는 식지 않습니다.

소설 후반부는 1832년 6월 혁명을 중요하게 다룹니다. 이 혁명은 사실 실패한 혁명이죠. 왕실 군대는 바리케이드를 무너뜨리고, 반란군은 죽거나 체포됩니다. 왜 작가는 수많은 혁명 중에 하필 실패한 혁명을 소재로 삼았을까요?

문학은 미시사의 예술입니다. 거대한 역사의 물줄기보다 그 과정에 있는 사람들 하나하나에게 주목합니다. 혁명에 가담한 손자 마리우스가 크게 다치자 그의 할아버지 질노르망은 손주의 어린 시절을 떠올리며 울부짖습니다. 전치사 '드(de)'조차 제대로 발음할 줄 모르던, 작은 새 같던 아이……. 세상이 나아지기를 꿈꾸며 피 흘린 이들은 그저 '사상자 ○명'이 아니라, 저마다의 이야기를 가진 유일무이한 존재들입니다. 작가는 아마도 이런 얘기를 통해 민주주의를 손쉽게 얻지 않았다는 것, 새로운 역사를 향한 끝없는 투쟁과 무수한 희생이 있었다는 걸 말하고 싶지 않았을까요.

소설이 변화가 역동하는 시대를 배경으로 삼은 만큼 진보, 혁명, 희생에 대한 작가의 고뇌가 읽힙니다. 예컨대 마리우스의 동지 앙졸라를 지켜보면서 독자는 '변혁은 반드시 누군가의 피를 요구하는가'를 질문하게 되죠. 공화주의자인 마리우스와 왕당파인 질노르망 간의 설전을 통해 민주주의의 필요성에 대해 생각해볼 수도 있고요.

치열한 정치인이던 작가

위고는 소설에서 정의를 논하는 걸 넘어 현실 정치에 참여했습니다. 그는 1802년 프랑스 동부 브장송에서 태어났는데, 아버지는 나폴레옹 황제 휘하의 장군이었습니다. 어려서부터 이탈리아와 에스파냐 등지를 다니며 견문을 넓혔고, 시와 평론을 쓰면서 문학의 길에 접어들었습니다.

그는 1831년 《파리의 노트르담》을 출간하면서부터 작가로 이름을 날렸습니다. 이후 정치 참여적인 시를 발표하며 명성을 쌓습니다. 1841년 프랑스 지식인들의 국립 학술 단체인 아카데

2부 예술을 낳은 예술

미프랑세즈 회원으로 뽑혔고, 1845년에는 상원의원으로 선출됐습니다.

빅토르 위고.

위고의 정치적 입장은 극적으로 변화합니다. 왕정복고 시대에는 부르봉 왕조를, 프랑스의 마지막 왕인 루이 필리프(Louis Philippe) 시절에는 그의 세력을 지지했습니다. 이후 혁명을 경험하며 민주주의자가 되어 입법의회 의원을 지냅니다. 공화주의자로 다시 태어난 그는 나폴레옹 3세의 쿠데타에 반기를 들었고, 그 결과 나폴레옹 3세가 황제가 된 후에는 해외로 떠나야 했습니다. 이 망명 중에 《레 미제라블》의 원고를 완성하고 출간합니다.

그가 이런 대작을 구상하게 된 계기는 짤막한 신문 기사였다고 전해집니다. 1801년 어느 가난한 농부가 빵집에서 빵 한 덩어리를 훔쳤다가 5년의 징역형을 받습니다. 감옥살이를 마치고 보니 죄수였다는 이유로 일자리조차 구하기 쉽지 않았습니다. 한 주교만이 그를 거둬줬다고 해요(5권 498쪽).

이 사연에 위고가 목격한 혁명의 폭발적 열기와 혼란, 갈등, 당시 민중이 겪어야 한 참혹한 가난 등이 녹아들며 《레 미제라블》이 탄생했습니다. 제대로 교육받지 못하고 가진 것이 없다는 이유로 억울한 처지에 놓인 사람들의 이야기는 수 세기가 지난 오늘날에도 여전합니다. 위고는 소설 첫머리에 지상에 무지와 빈곤이 존재하는 한, 이런 종류의 책도 무익하지는 않으리라고 적었습니다. 이 소설의 제목인 《레 미제라블》은 프랑스어로 '불쌍한 사람들'이라는 뜻입니다.

2부 예술을 낳은 예술

《신곡》

단테 알리기에리

천재 피아니스트가
외우다시피 읽은 책

"사람들이 칭송은 늘어놓으면서 읽지 않는 책." 일찍이 미국 작가인 마크 트웨인(Mark Twain)은 고전을 이렇게 정의했습니다. 사람들은 고전 속에 삶의 지혜가 있다고 말하지만, 자기 삶 속에 고전의 자리를 마련해주지 않는다는 거죠.

하지만 단테 알리기에리(Dante Alighieri)의 《신곡》(김운찬 옮김, 열린책들, 2022)이라면 얘기가 다릅니다. 1320년경 완성된 이 책은 시대와 장소를 초월해 끊임없이 읽히고 새롭게 조명돼왔습니다. 단테 서거 700주기이던 2021년에는 세계적으로 《신곡》 붐이 일기도 했습니다.

이 책은 어두운 숲에서 길을 잃은 주인공 단테가 로마 시인

베르길리우스(Vergilius)의 인도를 받아 지옥과 연옥, 천국을 여행하며 보고 들은 내용을 전합니다. 지옥, 연옥, 천국 각각 33편에 서곡까지 합하면 총 100편으로 이뤄진 1만 4233행짜리 대서사시입니다. 산 채로 죽음을 건넌 단테처럼 《신곡》은 불멸의 고전으로 남았습니다.

죽음을 통해 삶을 말하다

최근 《신곡》에 또다시 새 생명을 불어넣은 예술가가 한 명 있죠. 교보문고에 따르면 피아니스트 임윤찬이 《신곡》을 언급한 직후 5일간, 관련 서적의 판매량은 전년 같은 기간과 비교해 2.7배 늘었다고 합니다. 직전 5일과 비교하면 70퍼센트가량 증가했고요. 서점가에서는 '임윤찬 효과'라는 말이 나왔습니다.

임윤찬은 요즘 주목받는 피아니스트죠. 공연마다 팬들이 몰려드는 통에 경호원을 대동하고 다니는 '클래식계의 아이돌'입니다. 그는 세계적 권위를 지닌 밴 클라이번 국제피아노콩쿠르에서 불과 18세의 나이로 우승해 최연소 타이틀을 거머쥐었습니다. 영광의 주인공이 되고도 스포트라이트보다 피아노 치는 즐거움을 강조하며 "제 꿈은 산에 들어가 연주만 하고 사는 것"이라고 말해 다시 화제가 됐습니다.

그런 그에게 각별한 책이 바로 《신곡》이에요. 그는 "2년 전 독주회에서 프란츠 폰 리스트(Franz von Liszt)의 〈단테 소나타〉를 연주했는데, 이 곡을 이해하려면 《신곡》을 읽어야 한다"며 "여러 번역본을 다 읽어 전체 내용을 외우다시피 했다"고 말했습니다.* 《신곡》은 리스트의 〈단테 소나타〉뿐만 아니라 조반니 보카치오(Giovanni Boccaccio)의 소설집 《데카메론》, 로댕의 조각 〈지옥의 문〉, 자코모 푸치니(Giacomo Puccini)의 오페라 〈일 트리티코〉, 댄 브라운(Dan Brown)의 동명 소설이 원작인 영화 〈인페르노〉 등 다양한 예술 작품에 영향을 미쳤습니다.

왜 《신곡》은 이토록 오래 살아남았을까요. 예술사에서 불멸의 주제인 '죽음'을 집중적으로 다룬 대표작이기 때문입니다. 사후 세계는 인간이 끝내 정복하지 못한 땅입니다. 유한한 존재로서 예술적 상상력을 통해 비로소 죽음 너머를 엿볼 뿐입니다.

《신곡》은 실제 단테를 투영한 듯한 작품 속 단테가 35세에 길을 잃고 어두운 숲속을 헤매다가 베르길리우스를 만나면서 시작됩니다. 베르길리우스는 단테에게 "내가 안내자가 되어 너를 이곳에서 영원한 곳으로 안내하겠다"(21쪽)고 말합니다. 그리고

● 〈한국경제신문〉(2022. 06. 30).

지옥, 연옥, 천국을 차례로 보여줍니다. 단테는 괴로움에 통곡하는 영혼들과 새로운 희망을 꿈꾸는 영혼들, 그리고 훌륭한 영혼들을 고루 만납니다.

"여기 들어오는 너희들은 모든 희망을 버릴지어다."(35쪽) 작품 속에서 단테가 마주한 지옥문 꼭대기에는 이런 무시무시한 글귀가 적혀 있습니다. 단테는 지옥이란 희망을 품을 수 없는 곳, 절망의 밑바닥이라고 정의한 것이죠. 훗날 로댕은 이 위압적인 관문을 〈지옥의 문〉이라는 조각으로 만들었습니다. 그 유명한 〈생각하는 사람〉도 사실 〈지옥의 문〉의 일부였다가 나중에 별도의 작품으로 제작된 거랍니다.

《신곡》에서 지옥으로 향하는 영혼들을 실어 나르는 뱃사공은 악마 카론입니다. 그의 인도로 지옥에 도달한 단테와 베르길리우스는 세례받지 못했거나 살아서 악행을 저지른 영혼들을 만납니다.

지옥을 거쳐 단테는 연옥으로 넘어갑니다. 지옥에서 구제된 영혼 일부는 연옥으로 향하거든요. 이곳에서는 지옥과 달리 천사가 뱃사공 역할을 하고, 문지기도 사도 베드로가 맡고 있죠. 연옥에서 형벌을 받으며 죄를 씻은 영혼은 천국으로 가게 됩니다.

마침내 다다른 천국에서 단테는 베아트리체를 만납니다. 그는 실제로 베아트리체라는 여인에게 반해 평생 짝사랑했다고 하죠. 하지만 그녀는 다른 남자와 결혼한 뒤 3년 만에 세상을 떠나고 맙니다. 훗날 단테는 베아트리체에게 바친 시들을 엮은 《새로운 인생》에서 아름다운 그녀를 처음 맞닥뜨린 순간을 회상하며 "경이로운 여자"라고 묘사했습니다. 《신곡》에서는 그녀가 신성과 구원의 상징, 천국의 길잡이로 등장합니다.

단테와 더불어 지옥, 연옥, 천국을 통과한 독자는 삶과 죽음, 선과 악, 죄와 벌에 대해 고민하지 않을 수 없습니다. 이 책에서 "한때는 사람이었으나 지금은 사람이 아닌" 존재들은 '사람다움'을 묻습니다. 저승 여행기인 것 같지만 결국 인간 세계에 대해 논하는 거죠. 이 작품은 죽음을 통해 사후 세계가 아니라 거꾸로 인간과 현실, 삶을 노래합니다.

인생의 길 잃은 이에게

《신곡》은 서양 문학의 걸작으로 추앙받습니다. 역시 고전의 반열에 오른 《파우스트》의 작가 요한 볼프강 폰 괴테(Johann Wolfgang von Goethe)가 "인간의 손으로 만든 최고의 것"이라고 말했을 정도죠. 《신곡》은 풍부한 묘사, 상징과 함께 중세에서 르네상스로 넘어가던 과도기 유럽의 사상과 관념, 의식 세계를 증언합니다. 예컨대 플라톤, 소크라테스 등 쟁쟁한 철학자들은 죽어서 천국에 자리 잡지 못하고 지옥에 갇혀 있습니다. 오로지 세례를 받지 않았다는 이유로 말이죠. 또 일곱 개의 지옥을 지키는 수문장은 성경 속 존재가 아니라 그리스 신화의 괴물들입니다. 이렇듯 중세와 르네상스 유럽의 문화, 철학이 뒤섞여 있습니다.

단테가 채택한 언어는 신의 세계, 중세의 질서에 대한 작별 인사입니다. 그는 당시 지식인의 언어이던 라틴어 대신 고향인 피렌체의 방언으로 책을 썼습니다. 당대에는 파격적인 도전이었습니다. 비유하자면 조선 시대 저명한 유학자가 한문 대신 한글, 그것도 지방 사투리로 글을 써서 남긴 셈입니다. 마르틴 루터(Martin Luther)가 라틴어 성경을 독일어로 번역한 게 종교 개혁의 단초가 됐듯 단테가 《신곡》을 피렌체 방언으로 쓴 건 일종의 문학 개혁이었습니다.

《신곡》은 이탈리아 문학의 문을 연 작품으로 평가됩니다. 현대 이탈리아어의 정립에도 공헌했습니다. 단테가 '이탈리아어의 아버지'로 불리는 이유입니다. 단테의 삶과 작품을 연구해왔으며 《신곡》을 우리말로 옮기기도 한 박상진 번역가는 "(라틴어 대신 이탈리아어를 택한) 이른바 '속어화'는 라틴어가 거느리는 지식과 상상과 표현을 속어의 차원에서 재구성하는 일을 뜻했다"며 "그 재구성과 함께 이탈리아의 문화적 정체성이 처음으로 등장했다"고

평가했어요.●

지금은 《신곡》으로 널리 알려졌지만, 원래 제목은 《라 코메디아 디 단테 알리기에리(La Commedia di Dante Alighieri)》였습니다. 직역하면 '단테 알리기에리의 희극'이란 뜻입니다. 사후 세계, 영혼들의 절절한 통곡이 담겨 있는데 희극이라니. 의아하게 느껴지는 제목이죠. 단테는 아리스토텔레스가 《시학》에서 '고귀한 주제'를 '고상한 문체'로 다룬 비극을 높이 산 것을 의식해, 민중어로 쓴 자신의 작품에는 반대로 희극이라는 이름을 붙였습니다. 지옥에서 시작해 천국으로 끝나는 해피엔딩이란 의미도 담긴 듯합니다.

훗날 고귀하고 장엄한 내용에 걸맞은 제목을 고민하던 보카치오가 '거룩한(divina)'을 붙이면서 오늘날까지 《신곡》으로 전해지게 됐습니다. 국내에는 1950년대 고 최민순 신부가 처음 번역해 소개했습니다.

● 박상진, 《단테》, 아르테, 2020, 80쪽.

망명한 정치인, 역작을 써내다

어두운 숲에서 길을 잃었다가 저승 여행을 시작한 작품 속 주인공처럼, 단테는 생의 풍파 가운데서 역작을 남겼습니다.

1265년 이탈리아 중부 피렌체의 명문가에서 태어난 단테가 고향에서 보낸 시간은 반평생이 넘습니다. 이곳에서 문학적 영감이 된 여인 베아트리체를 만났고, 라티니라는 스승으로부터 학문을 배웠고, 공직자로서 일했습니다.

당시 피렌체는 변화의 기운으로 용광로처럼 끓어올랐을 겁니다. 아르노강 하류에 자리 잡아 물류의 중심지이던 피렌체는 부유한 상업 도시로 성장했습니다. 가죽 산업, 금융업 등은 눈부시게 발전하고 1252년 유럽 최초로 주조한 피렌체의 금화 '피오리노 도로'는 유럽의 기축 통화 역할을 했죠. 이곳을 이끌던 메디치 가문은 무수한 예술가들을 후원하고 길러냈습니다. 그 덕에 피렌체는 14~16세기 꽃핀 르네상스의 발원지로 꼽힙니다. 레오나르도 다빈치(Leonardo da Vinci), 미켈란젤로 부오나로티(Michelangelo Buonarroti), 산드로 보티첼리(Sandro Botticelli) 등 르네상스 예술가들의 걸작이 도시 곳곳에 남아 있죠. 단테가 라틴어가 아닌 피렌체 방언으로 인간의 심연을 탐구하는 작품을 써낸 건 이런 문화적 배경과 무관하지 않습니다.

그런데 정작 단테는 피렌체를 떠나 《신곡》을 썼습니다. 정든 고향을 등지고 20여 년간 망명 생활을 해야 했거든요. 그를 떠돌이 신세로 만든 건 엄혹한 정치였습니다.

단테는 교황과 황제 간 힘겨루기가 한창이던 시대를 살았습니다. 여기에 피렌체의 유력한 가문들은 부유한 상인을 대변하는 백당과 국제 금융 세력을 옹호하는 흑당으로 갈라져 파벌 싸움을 벌였죠.

단테가 공직자로 일하던 와중에 그가 속한 당은 정쟁에서 패배합니다. 그러자 단테가 외교 사절로 로마에 가 있는 사이 그가 출석하지 못한 재판이 열립니다. 1302년 단테는 추방형을 선고받았고, 그와 가족은 재산을 몰수당하고 시민으로서의 모든 권리를 잃습니다. 이후 단테는 1321년 세상을 떠날 때까지 다시는 피렌체로 돌아가지 못하고, 약 20년간 유럽 이곳저곳을 떠도는 망명 생활을 이어갑니다.

사실 《신곡》에는 추방당한 인간이자 죽은 뒤에 승리한 시인, 단테의 자서전이 담겨 있습니다. 마치 지옥에서 연옥을 거쳐 천국에 오르는 사람처럼 말이죠. 오늘날 단테를 그린 초상화가 몇 점 전해지는데, 그 속에서 단테는 항상 명예와 영광, 승리의 상징인 월계관을 머리에 쓰고 있습니다. 《신곡》 천국편에서 단테는 아폴론 신을 향해 "그대가 사랑하는 월계관에 합당하도록/

작자 미상, 〈우의적인 단테의 초상〉, 16세기 말, 워싱턴 내셔널 갤러리.

나를 그대 역량의 그릇으로 만들어주오"(742쪽)라고 기도해요. 단테가 추방된 지 700년이 지난 2008년, 피렌체시는 단테에 대한 추방형 선고를 취소했습니다. 피렌체시장은 "단테에게 피렌체 최고의 영예를 줄 것"이라고 말했습니다.

지난한 망명 생활은 어쩌면 시인에게는 불멸의 역작을 가져다준 축복이었을지도 모릅니다. 19세기 이탈리아의 시인이자 문학사가인 조수에 카르두치(Giosuè Carducci)는 단테에 대한 소네트 마지막 행에 이렇게 적었습니다. "신은 죽는다, 그리고 시인의 노래는 남는다(Muor Giove, e l'inno del poeta resta)."●

● 프루 쇼, 《단테 『신곡』 읽기》, 오숙은 옮김, 교유서가, 2024, 15쪽.

2부 예술을 낳은 예술

《오페라의 유령》

가스통 르루

유령이 물었다,
사랑은 비극이냐고

　'오페라의 유령'이라는 말을 들으면 흔히 뮤지컬부터 떠올
립니다. 영국의 천재 작곡가 앤드루 로이드 웨버(Andrew Lloyd
Webber)가 노래를 지은 바로 그 뮤지컬 말이에요. 그리고 여주
인공 크리스틴의 맑은 음색이 돋보이는 뮤지컬 넘버가 머릿속
에 자동 재생됩니다("Think of me……"). 남주인공 얼굴 절반을 가
리는 하얀 가면은 이 공연의 아이콘이죠. 조승우, 홍광호, 최재
림……. 쟁쟁한 배우들이 〈오페라의 유령〉 주연을 거쳤습니다.
한국을 대표하는 뮤지컬 스타 김소현은 대학에서 성악을 공부하
다가 2001년 이 작품의 국내 초연 당시 여주인공으로 깜짝 발탁
되면서 뮤지컬 배우의 길을 걷게 됩니다.

그런데 이 작품의 원작이 가스통 르루(Gaston Leroux)의 소설 《오페라의 유령》(최인자 옮김, 문학동네, 2018)이라는 걸 아는 사람은 많지 않을 겁니다. 소설이 실화를 바탕으로 했다는 걸 알고 있는 사람은 더더욱 적을 테고요.

오페라 극장에 시체가?

변호사 출신 기자이던 르루는 1907년 어느 날 신문을 읽다가 흥미로운 기사를 발견합니다. 파리 9구에 있는 유서 깊은 극장 오페라 가르니에의 지하에서 한 남자의 시신을 발견했다는 내용의 기사였죠. 날마다 화려한 무대가 열리고 무수한 관객이 오가는 극장에 시체라니요. 유명 건축가 샤를 가르니에(Charles Garnier)가 설계한 오페라 가르니에는 지금도 이탈리아 밀라노의 라 스칼라 극장과 함께 세계적으로 손꼽히는 오페라와 발레의 전당이자, 천장에 마르크 샤갈(Marc Chagall)의 대작 〈꿈의 꽃다발〉이 그려져 있는 환상적이고 호사스러운 공간입니다.

르루는 기사를 읽으며 파리를 떠돌던 오랜 소문을 떠올렸습니다. '오페라의 유령'에 대한 것이었죠. 오페라 가르니에가 생기기 전 그 자리에 있던 국립 음악 학교가 원인을 알 수 없는 화재로 전소된 적이 있습니다. 이 사고로 촉망받던 젊은 피아니스트가 목숨을 잃었습니다.

그런데 그가 얼굴에 심한 화상을 입은 채 극장 지하에 유령처럼 숨어 살고 있다는 소문이 파리 골목에 퍼져나갑니다. 오페라 가르니에에서 벌어지는 각종 사고는 이 유령의 소행이라는 말, 그가 약혼녀를 위한 사랑의 노래를 여전히 작곡한다는 말도 있었습니다.

워낙 인기가 많은 극장이라서일까요. 오페라 가르니에에서는 크고 작은 사건이 끊이지 않았습니다. 1896년 이 극장에서 〈파우스트〉 공연이 진행되던 중에 갑자기 샹들리에의 균형추가 부서져 20톤에 달하는 청동 덩어리와 수정들이 바닥으로 쏟아져 내립니다. 당시 관객 2000명 중 희생자는 단 한 명이었습니다. 좌석 번호는 13번. 서양인들은 예수가 십자가에 못 박혀 죽기 전날 최후의 만찬에 참석한 사람이 13명이라는 이유로 13을 불길한 숫자, 악마의 숫자로 여깁니다. 이 사건은 혹시 한 사람을 겨냥한 유령의 소행이 아니었을까요?

르루는 이런 소문과 사건들에 상상력을 더해 《오페라의 유령》을 썼습니다. 1909년부터 프랑스 일간지 〈르 골루아〉에 1년간 연재한 이 소설을 묶어서 책으로 출간했습니다.

사랑이라는 비극

《오페라의 유령》은 사랑이라는 비극을 그린 작품입니다. 작품 속에는 이런 대화가 나옵니다. "사랑에 빠지면 누구나 불행해지는 건가요?" "그래요. 사랑에 빠졌는데 사랑받고 있다는 확신이 없을 때 그렇소."(291쪽)

소설 속 에릭은 태어날 때부터 흉한 외모를 하고 있어요. 해골을 떠올리게 하는 앙상한 얼굴, 누렇고 흉측한 피부색, 거의 없다시피 한 코, 서너 줌에 불과한 머리 타래……. 사람들은 그와 마주하기를 꺼렸습니다. 그래서 천재 음악가의 재능이 있는데도 얼굴을 가면으로 가린 채 오페라 하우스 지하에 숨어 삽니다. 다만 에릭의 협박에 오래전부터 극장 2층의 귀빈석 중 1구역 5번 발코니석은 유령을 위한 자리로 비어 있습니다.

그는 무명의 오페라 배우 크리스틴을 보고 사랑에 빠집니다. 내가 사랑하는 사람이 나를 사랑해주는 건 기적에 가까운 일이죠. 사람들의 눈을 피해 지내는 에릭에게는 더욱 그럴 겁니다. 더구나 크리스틴은 소꿉친구인 귀족 청년 라울과 서로 사랑하는 사이입니다.

에릭은 크리스틴에게 다가가기 위해 비밀 노래 선생을 자처합니다. 분장실 거울에 숨은 통로를 통해 크리스틴에게 노래를 가르치고, 급기야 크리스틴을 주연 배우로 만들기 위해 살인까지 저지릅니다. 하지만 자신의 사랑을 제대로 고백하지 못해요. 크리스틴과 라울의 사랑이 깊어지자 결국 에릭은 크리스틴을 자기의 지하 공간에 납치합니다. 사랑이라는 변명 아래 크리스틴에게 집착하던 에릭은 그의 불행을 연민하는 그녀의 따뜻함에 감동해 자신의 사랑을 포기합니다. 일방적인 마음을 접고 크리스틴의 행복을 빌어주기로 한 거죠.

"나는요, 완전히 붕괴됐어요." 박찬욱 감독의 영화 〈헤어질 결심〉에서 해준(박해일 분)은 서래(탕웨이 분)에게 이렇게 얘기합니다. 항복일까요, 사랑 고백일까요? 당신을 사랑해서 스스로 인생을 송두리째 망가뜨렸다는 그의 말은 사랑이라는 말 없이 사랑을 말합니다. 사랑을 포기함으로써 사랑을 완성하는 《오페라의 유령》 속 에릭도 마찬가지입니다. 뮤지컬 형식이지만 오페라의 장엄한 아름다움을 담아내는 〈오페라의 유령〉처럼 말이죠.

아이러니하게도 목숨까지 내놓게 만드는 비극적 사랑 이야기는 불멸의 고전으로 살아남았습니다. 르루가 세상을 떠난 뒤에도 끊임없이 뮤지컬로, 영화로 다시 태어나는 중입니다.

종군기자, 추리 소설을 쓰다

르루의 이력은 화려합니다. 1868년 프랑스 파리에서 태어난 그는 법학을 공부하고 한때 법률사무소에서 일했지만, 틈틈이 에세이와 단편 소설을 썼습니다. 1890년 전업 언론인이 되어, 1894년부터 1906년까지 전쟁 특파원으로 이탈리아·이집트·모로코 등 세계 곳곳을 누빕니다. 1905년에는 러시아 혁명을 취재하고 파리로 그 소식을 전하기도 했죠. 기자로서의 경험은 훗날 그의 작품 활동에 도움을 줍니다.

르루는 1900년대 초 본격적으로 소설을 쓰기 시작했습니다. 신문사 편집장이 휴가를 못 가게 해서 홧김에 기자 일을 때려치웠다는 설도 있어요. 그럼에도 프랑스 신문 〈일뤼스트라시옹〉은 훗날 르루의 작품을 평가하며 그를 "영원한 기자"라고 칭했습니다. 소설가가 된 뒤로 주로 범죄나 추리 소설을 썼는데, 작품마다 기자로 살던 시간이 녹아들어 있거든요. 르루는 1907년 밀실 미스터리를 다룬 추리 소설의 효시로 꼽는 《노란 방의 비밀》을 출간했는데, 여기에는 형사와 더불어 사건을 파헤치는 신문 기자이자 탐정 캐릭터가 등장합니다.

대표작 《오페라의 유령》은 1910년 프랑스 출간 직후에는 큰 인기를 끌지 못했다고 합니다. 1925년 이 소설을 기반으로 한 무성 영화가 개봉했는데 '무성 영화 시대의 아이콘' '천의 얼굴을 가진 사나이'로 부르는 미국 배우 론 체이니(Lon Chaney)가 주연을 맡아 대성공을 거뒀습니다. 그 덕분에 소설도 재조명됐고요. 이후 전개는 익히 알려진 대로입니다. 1986년 앤드루 로이드 웨버가 뮤지컬 〈오페라의

가스통 르루.

유령〉을 영국 런던 무대에 올리면서 르루의 소설에 새 생명을 불어넣었습니다.

그러나 르루는 뮤지컬 〈오페라의 유령〉의 성공을 보지 못한 채 세상을 떠났습니다. 1927년 프랑스 남부의 바닷가 도시 니스에서였습니다.

《갈매기》

안톤 체호프

당신의 버킷 리스트는
무엇인가요

오래된 일기장을 펼쳤다가 열아홉 살에 쓴 버킷 리스트를 발견했습니다. '내가 번 돈으로 유럽 여행 떠나기' '삭발해보기' '밤바다에서 수영해보기'……. 버킷 리스트보다는 위시 리스트에 가까운 소소한 목록을 보며 웃음이 났습니다.

"이건 내 버킷 리스트야!" 흔히 '해보고 싶은 일' 정도의 의미로 쓰지만, 버킷 리스트라는 단어에는 사실 무시무시한 뜻이 있습니다. 이 말은 '양동이를 차다'라는 관용적 영어 표현(kick the bucket)에서 유래했다고 전해져요. 이 관용어는 '죽다'라는 뜻인데, 사람이 목맬 때 딛고 올라간 양동이를 마지막 순간에 발로 차는 데서 어원을 찾을 수 있습니다. 그래서 버킷 리스트는

'죽기 전에 마지막으로 떠올릴 만한 소망, 꼭 한 번 해보고 싶은 것'을 의미하게 됐습니다.

이렇게 엄청난 무게감을 가진 단어기에 누군가 "이 작품은 나의 버킷 리스트다"라고 말하면 그 작품이 궁금해질 수밖에 없죠. 안톤 체호프(Anton Chekhov)의 희곡 《갈매기》(안톤 체호프, 《체호프 희곡 전집》, 김규종 옮김, 시공사, 2010)가 그렇습니다. 이 작품을 연출하는 건 원로 배우 이순재의 오랜 버킷 리스트였다고 합니다. 그는 2022년 구순을 바라보는 87세의 나이에 이 작품을 자신의 첫 연출작으로 상연했습니다.

꿈이 있기에 좌절도 있다

《갈매기》는 《벚꽃 동산》《세 자매》《바냐 아저씨》와 더불어 러시아 극작가 체호프의 4대 희곡 중 하나로 꼽힙니다. 이 희곡은 당시 소설가에서 극작가로 변신을 꿈꾸던 체호프에게 버킷 리스트 같은 작품이었습니다. 지금이야 러시아 희곡의 대가가 쓴 주요 작품으로 자리매김했지만 말이에요.

이 작품은 1896년 초연 당시엔 관객과 평단으로부터 혹평을 받았습니다. 야심작을 무대에 올리며 박수갈채를 기대하던 체호프는 공연이 실패하자 극작가의 꿈을 버리려고까지 했습니다. 그러나 2년 뒤 사실주의 연기 이론을 확립한 연출가 콘스탄틴 스타니슬랍스키(Konstantin Stanislavskii)의 연출로 연극이 재상연되면서 큰 성공을 거뒀습니다. 《갈매기》는 이전까지 잡지에 짧은 소설과 수필을 주로 싣던 체호프를 유명 극작가로 만들었습니다.

이 희곡은 열망하는, 그러나 좌절하는 사람들의 이야기입니다. 극작가를 꿈꾸는 청년 트레플레프는 배우 지망생인 연인 니나와 함께 실험적인 작품을 무대에 올립니다. 그러나 극은 철저하게 실패합니다. 마치 《갈매기》 첫 상연처럼 말이죠. 트레플레프의 어머니이자 당대 최고의 여배우인 아르카지나조차 작품을 모욕합니다. 게다가 니나는 아르카지나의 애인인 유명 소설가 트리고린과 사랑에 빠져요. 시간이 흐른 뒤 트리고린은 니나에게 싫증 나 떠나버리고, 트레플레프는 재회한 니나에게 사랑을 고백했다가 또 거절당하자 권총을 들고 스스로 목숨을 끊습니다.

작가의 꿈, 유명해지고 싶은 욕망, 사랑하는 이와 함께하고 싶은 열망……. 등장인물 각자의 꿈은 줄곧 엇갈리고 어그러집니다. 이 좌절이 역설적으로 그들의 꿈에 스포트라이트를 비춥니다. 만약 해피엔딩이라면 결말을 곱씹을 관객이 많지 않을 거예요. 소망했으나 이루지 못했기에 여운이 긴 거죠. 작품 속 박제된 갈매기가 창공을 가르는 날갯짓을 상상하듯이요.

트레플레프의 외삼촌 소린은 죽음을 앞두고 한탄합니다. "코스챠(트레플레프)에게 이야깃거리를 주고 싶군. 제목은 '무엇인가 하고 싶었던 인간' 그러니까 'L'homme, qui a voulu'라고 해야할 거야. 언젠가 젊었을 때 나는 문사가 되고 싶었지만 되지 못했소. 멋지게 말하고 싶었지만 혐오스럽게 말했어요. (……) 결혼하고 싶었는데 결혼하지 못했어. 언제나 도시에 살고 싶었는데, 바로 여기 시골에서 생을 마치고 있으니, 그것참."(453쪽) 이 대사 그리고 《갈매기》는 체호프가 건네는 서늘한 경고처럼 들립니다. 원하는 바를 향해 힘껏 날아가보지 않으면, 죽음 앞에서 반드시 후회하게 될 거라는.

새로운 형식이 필요해요

《갈매기》에는 연극판을 뒤흔들겠다는 젊은 극작가 체호프의 야심이 노골적으로 담겨 있습니다. 극중극이 무대에 오르며 연극 자체가 중요한 소재로 등장합니다. 마치 소설 속 소설이 등장하는 액자 소설처럼, 연극에 대해 말하는 연극인 셈이죠.

"새로운 형식이 필요해요. 새로운 형식이 필요해요. 만일 새로운 형식이 없다면, 숫제 아무것도 없는 편이 낫습니다."(396쪽) 극 속 트레플레프의 말처럼 체호프는 과거와는 완전히 다른 연극 형식을 꿈꿨습니다. 뭐가 달랐을까요? 니나의 대사에 힌트가 있습니다. "당신의 희곡에는 움직임이 거의 없고, 낭송뿐이죠." (400쪽)

체호프의 희곡은 밋밋해서 파격적인 연극이었습니다. 과거에는 연극이라 하면 사건과 행동을 말 그대로 '극적으로' 드러냈습니다. 셰익스피어의 희곡을 떠올려보세요. 어머니와 삼촌에게 살해당한 아버지의 유령을 만나 복수를 결심하고(《햄릿》), 원수 집안의 남녀가 첫눈에 반해 목숨을 건 사랑을 합니다(《로미오와 줄리엣》). 일상에서는 체험할 수 없는 격렬하고 극단적인 사건과 행동, 문장들이 무대 위를 휩씁니다.

반면 체호프의 극에는 이런 격정이 없습니다. 《갈매기》만 해도 그래요. 주인공이 권총 자살하는 충격적인 결말이지만, 관객은 그 비극을 무대에서 직접 목격할 수 없습니다. "(어조를 낮추어 낮은 목소리로) 이리나 니콜라예브나(아르카지나)를 데리고 이곳을 떠나세요. 콘스탄틴 가브릴로비치(트레플레프)가 권총으로 자살했습니다……."(470쪽) 아들의 자살을 어머니가 알게 해서는 안 된다는 대사지만, 관객에게조차 그 참극을 숨기려는 듯합니다. 과거의 연극이라면 어머니가 현장으로 달려가 가슴을 뜯으며 절규하는 장면을 그렸겠죠.

체호프는 자신의 새로운 형식을 고집스럽게 밀어붙였습니다. 대화보다는 독백을 통해 등장인물의 감정을 시적으로 드러내기도 했습니다. 이후에 쓴《바냐 아저씨》《세 자매》《벚꽃 동산》 등에서도 계속된 체호프의 실험은 현대적 연극의 토대를 마련했다고 평가받습니다.

유머로 영혼을 치유하다

"의학은 나의 아내, 문학은 나의 애인"●이라는 유명한 말을 남긴 체호프는 소설가, 극작가이자 의사였습니다. 그는 인간의 육체를 다루는 생활인으로서 일상과 현실, 삶의 지질함과 진부함, 그에 대처하는 인간의 자세를 작품에 담아냈습니다.

체호프는 1860년 러시아의 항구 도시 타간로크에서 태어났습니다. 명망 높은 가문의 자제는 아니었습니다. 그의 할아버지는 농노였지만 자신이 번 돈으로 자유 시민의 권리를 쟁취한 사

●　김연경,《19세기 러시아 문학 산책》, 민음사, 2020, 178쪽에서 재인용.

람이었고, 아버지는 식료품점을 운영합니다. 체호프가 10대일 때 아버지가 파산하면서 가족들은 모스크바로 쫓기듯 떠납니다. 소년 체호프는 고향에 혼자 남아 스스로 학비를 벌며 공부해야 했죠. 그가 모스크바 대학교 의학부에 입학한 건 가난에 허덕이는 가족들의 생계를 책임지기 위한 목적이 컸을 겁니다.

처음 글을 쓰게 된 이유도 작가의 야망보다는 생활의 방편이었습니다. 체호프는 의대 재학 시절 생활비를 벌기 위해 틈틈이 잡지나 신문에 단편 소설, 콩트 등을 기고합니다. 이때는 본명 대신 '안토샤 체혼테' 같은 필명을 썼죠.

작가 체호프를 각성시킨 건 또 다른 작가의 편지였습니다. 1884년 대학을 졸업하고 의사가 된 체호프는 원로 소설가 드미트리 그리고로비치(Dmitry Grigorovich)로부터 '더 이상 가벼운 글로 당신의 재능을 낭비하지 말라'는 진심 어린 충고를 듣습니다. 그는 표도르 도스토옙스키(Fyodor Dostoevsky)를 발굴한 인물로 유명하죠. 신문 〈신시대〉의 발행인 알렉세이 수보린(Aleksey Suvorin)에게 체호프를 소개해 재능을 펼칠 기회를 마련해주기도 합니다. 체호프는 이 신문에 처음으로 자신의 진짜 이름을 밝히고 단편 소설 〈추도식〉을 발표합니다.

이후 체호프는 필명 뒤에 숨지 않습니다. 본격적으로 작품 활동을 펼치고, 1888년에는 마침내 권위 있는 문학상인 푸시킨

오시프 브라즈(Osip Braz), 〈안톤 체호프의 초상화〉, 1989, 트레치야코프 미술관.

상을 받으며 문단의 주목을 끕니다. 일찍이 생업 전선에 뛰어든 경험 때문일까요. 그의 작품은 거대 담론보다는 일상, 소시민에 주목합니다. 예컨대 그의 대표적인 단편소설 〈관리의 죽음〉은 어느 하급 관리가 오페라를 관람하던 중 재채기를 한 사건을 다룹니다. 하필 그의 앞에 상관이 앉아 있었고, 주인공은 거듭 사과를 하지만 잘 받아들여지지 않는다고 느끼자 '뱃속에서 무언가가 터지는' 감각과 함께 죽고 맙니다. 일상에서 벌어질 법한 사소하지만 비극적인 사건들, 이에 허둥대는 소시민을 긍정하지도 부정하지도 않는 체호프식 유머가 돋보입니다. 이런 그의 작품 세계에 대해 《롤리타》를 쓴 블라디미르 나보코프(Vladimir Nabokov)는 "체호프는 등장인물을 교훈의 수단으로 삼지 않았고, 인물을 미덕의 전형으로 만들지 않았다"●고 평가했습니다.

● 블라디미르 나보코프, 《나보코프의 러시아 문학 강의》, 이혜승 옮김, 을유문화사, 2022, 455쪽.

2부 예술을 낳은 예술

체호프는 이후 희곡까지 활동 반경을 넓힙니다. 그는 오늘날 우리가 관람하는 연극의 기틀을 닦았다고 평가받습니다. 그의 대표작 중 하나인 《벚꽃 동산》이 모스크바 예술극장 무대에 오른 1904년, 체호프는 폐결핵으로 위중한 가운데서도 초연에 참석했습니다. 그의 등장에 놀란 청중은 끊이지 않는 박수갈채를 보냈고, 모스크바 지식인들은 경의를 표하느라 끝도 없이 찬사의 연설을 이어갔습니다. 청중들 사이에서 "앉으세요, 앉으세요, (……) 안톤 파블로비치(체호프)를 좀 앉을 수 있게 해드립시다"● 하는 말까지 나왔다고 합니다. 그러나 안타깝게도 얼마 지나지 않아, 체호프는 병세가 나빠져 독일로 요양을 갔다가 그해에 세상을 떠납니다.

● 《나보코프의 러시아 문학 강의》, 453쪽.

《마의 산》

토마스 만

문학계의
아인슈타인

"토마스 만은 문학계의 아인슈타인과 같다. 시간이 갈수록 점점 더 중요해지고 있다." 2023년 부커상을 받은 불가리아 소설가 게오르기 고스포디노프(Georgi Gospodinov)의 말입니다. 그는 수상작 《타임 셸터》에 영감을 준 작품 중 하나로 토마스 만의 장편 소설 《마의 산》(홍성광 옮김, 을유문화사, 2008)을 꼽았습니다.

이 작품은 소설가들이 사랑하는 소설입니다. 해마다 노벨 문학상 후보로 거론되는 일본 소설가 무라카미 하루키(村上春樹)의 《노르웨이의 숲》에도 이 책이 나와요. 주인공 와타나베가 《마의 산》을 지니고 다니며 읽습니다.

1924년 발표된 이 작품은 2024년에 출간 100주년을 맞았습니다. 원제는 '마법의 산'이라는 뜻이지만, 독일 문학을 공부하는 학생들 사이에서는 '악마의 산'으로 불린다고 하죠. 문장도 내용도 쉽지가 않기 때문입니다. 1000쪽에 달하는 분량도 만만치 않고요.

하지만 그냥 어렵기만 해서는 '문학계의 아인슈타인' 소리를 듣지 못했겠죠. 이 산에 가면 대체 어떤 풍경이 펼쳐질까요. 스위스 고산 지대가 배경인 《마의 산》에 함께 올라볼까요.

스물셋 청년, 요양원에 들어가다

소설은 한여름 스물세 살인 독일 청년 한스 카스토르프가 스위스 다보스로 여행을 떠나며 시작합니다. 매년 초 세계적 기업인과 경제학자, 정치인들이 국제 현안을 논하는 다보스포럼이 열리는 그 다보스입니다.

카스토르프는 폐결핵으로 다보스의 국제 요양원 '베르크호프'에 머물고 있는 사촌 요아힘 침센을 만나러 길을 떠납니다. 그런데 3주로 예정한 여행은 7년간의 요양이 돼버립니다. 카스토르프도 폐결핵 증세를 보여 침센과 함께 요양 생활을 하게 되거든요. 그가 떠나지 못한 건 사실은 다른 이유도 있어요. 카스토르프는 요양원에서 만난 쇼샤 부인에게 마음을 빼앗겼습니다.

사람을 변화시키는 건 시간만이 아닙니다. 머무는 공간이 달라지면 삶의 태도도 변합니다. 카스토르프는 요양원에서 자꾸 죽음을 생각합니다. 건장한 20대 청년이 삶과 죽음을 고민하기는 쉽지 않지만, 요양원은 죽음이 공기처럼 떠다니는 곳이니까요. 카스토르프가 머무는 방도 며칠 전 어느 미국 여자가 죽어 떠났기에 비어 있었습니다.

요양원이라는 공간은 카스토르프가 마음속 깊숙이 묻어둔, 죽음에 대한 기억을 끄집어냅니다. 그는 다섯 살과 일곱 살이 되던 해에 2년 간격을 두고 차례로 부모를 잃은 아픈 경험이 있습니다. 자신을 키워준 할아버지의 죽음도 겪었죠.

수많은 사랑의 말을

소설은 카스토르프를 통해 죽음과 삶, 사랑의 관계를 끊임없이 탐구합니다. 카스토르프의 지적 탐색, 그에 따른 극적 변화를 가장 잘 나타내는 대목에는 '눈'이라는 소제목이 달려 있습니다.

죽음의 세계를 동경하던 카스토르프는 스키를 타다가 눈 속에 조난되는 경험을 한 뒤에 태도를 바꿉니다. 이전까지만 해도 카스토르프는 죽음이 사랑만큼 고귀하다며, 쇼샤 부인을 향해 사랑 고백을 할 때에도 죽음이라는 단어를 소환하곤 했어요. "아! 사랑이란⋯⋯ 육체, 사랑, 죽음 이 셋은 원래 하나야. 육체는 병과 쾌락이고, 육체야말로 죽음을 낳기 때문이지."(상권 651쪽)

그러나 정말로 죽음 직전까지 간 뒤에는 생각이 달라졌어요. 무료한 겨울날을 보내던 카스토르프는 요양원 근처 눈 비탈에서 혼자 스키를 타며 스릴을 즐깁니다. 언젠가 바다에서 파도를 헤치고 수영했을 때처럼 대자연의 위협, 죽음에 다가가는 경험에 오히려 빠져들어요. 그러다가 눈안개 속에 길을 잃고, 눈보라 한가운데에서 몰아치는 눈송이에 숨조차 쉬기 힘든 상황을 겪습니다. 시간의 흐름마저 잊게 하는 공포스러운 체험이었죠. 그제야 카스토르프는 말합니다. "사랑은 죽음에 대립하고 있으며, 이성이 아니라 사랑만이 죽음보다 강한 것이다. (⋯⋯) 인간은 착한 마음씨와 사랑을 위해 자신의 생각에 대한 지배권을 죽음에 넘겨주어서는 안 된다."(하권 294~295쪽)

죽음의 공포를 알게 된 인간은 사랑을 노래합니다. 육체가 사라졌을 때 우리를 증언하는 건 오직 우리가 사랑한, 우리를 사랑한 사람들뿐일 테니까요. 현실과 동떨어진 죽음의 공간에서 거꾸로 삶의 중요성을 깨닫는 내용은 일종의 성장 소설처럼 읽

2부 예술을 낳은 예술

히기도 합니다.

그렇다고 이 소설이 삶과 사랑을 마냥 긍정하면서, 오직 그것만이 정답인 양 굴지는 않아요. 이 작품은 제1차 세계대전이 터지자 카스토르프가 산에서 내려와 참전하는 걸로 끝맺습니다. 착검한 총을 든 채 포화 속을 걷는 카스토르프는 노래를 흥얼거려요. "가지에 새겨놓았노라,/수많은 사랑의 말을–"(하권 725쪽)

병과 죽음이 떠도는 요양원에서 내려와 향한 곳이 죽음이 도처에 널린 전쟁터라는 건 아이러니입니다. 이런 아이러니를 반복하며 소설은 인간에게 죽음이 어떤 의미인지 자꾸 고민하게 만듭니다.

《마의 산》은 소설이자 철학서입니다. 8월 초에도 눈보라가 휘몰아치는 고산 지대, 카스토르프는 요양원에서 사람들을 관찰하며 인간에 대해 사유합니다. 이성과 감정, 영혼과 육체, 기억, 시간, 문학, 사랑, 고통……. 계몽주의자 세템브리니, 중세적 세계관을 지닌 나프타, 삶의 역동성을 긍정하는 페퍼코른 등 다양한 사람 사이에서 논쟁도 벌어지죠. 이들의 논쟁은 아르투어 쇼펜하우어(Arthur Schopenhauer), 프로이트, 니체의 철학을 소환합니다.

시간은 죽음과 뗄 수 없는 관계로, 작품의 주제 중 하나입니다. "측정할 수 있기 위해서는 시간이 균등하게 흘러가야 해. 시간이 균등하게 흘러간다고 대체 어디에 쓰여 있단 말이야? 우리의 의식으로는 그렇지 않아. 그렇다고 가정하는 것은 단지 질서 때문이지. 우리의 시간 단위는 단지 약속에 불과한 거야."(상권 131~132쪽) 이런 카스토르프의 말은 토마스 만을 '문학계의 아인슈타인'으로 부르는 이유를 보여줍니다.

화형식에도 살아남은 작가

《마의 산》은 만이 12년에 걸쳐 완성한 걸작입니다. 그는 20세기 독일 문학을 대표하는 작가입니다. 《소설의 이론》《역사와 계급 의식》 등을 쓴 세계적 철학자 죄르지 루카치(György Lukács)는 "누가 내게 지구상에서 가장 훌륭한 소설가를 한 명 꼽으라고 한다면, 주저하지 않고 토마스 만을 꼽겠다"고 했죠.

만은 1875년 독일 북부의 항구 도시 뤼베크에서 태어났습니다. 여기는 상업과 무역을 기반으로 일찌감치 자유가 꽃핀 도시입니다. 특권을 부여받은 상인 조직 한자동맹의 중심지로, 신분 질서가 공고하던 중세 유럽에서 민주주의가 움튼 지역으로 평가받죠. 훗날 만은 이 지역을 무대로 삼은 《부덴브로크 가의 사람들》을 썼고, 이 작품은 그에게 노벨 문학상을 안겨줍니다.

만은 15세가 되던 해에 아버지를 잃습니다. 100년 넘게 이어진 가업인 곡물상도 파산했고, 만의 가족들은 뮌헨으로 거처를 옮깁니다. 만은 고등학교를 중퇴하고 화재보험회사에 취직해 낮에는 일하고 밤에는 글을 쓰는 생활을 이어갑니다.

친형과 요란하게 다투기도 했습니다. 토마스 만의 형인 하인리히 만(Heinrich Mann)도 독일의 유명한 소설가인데, 두 사람은 서로를 공개 비판하며 논쟁을 벌입니다. 독문학사에서 '형제 논쟁'이라 부르는 사건이죠. 형은 소설가가 작품을 통해 적극적으로 현실에 참여해야 한다고 본 반면, 토마스 만은 중립적 태도를 취하고자 했습니다.

그런 그가 태도를 바꾼 건 1924년 《마의 산》 출간 때부터입니다. 그가 이 작품을 집필하던 시기에 제1차 세계대전이 벌어졌고, 매일 같이 사람이 사람을 죽이는 끔찍한 상황을 목격하게 됐거든요. 인간과 생명의 가치를 탐구하는 이 소설은 당대 나치 정권에 대한 반론처럼 읽힙니다. 아예 작품 마지막 부분에 제1차 세계대전의 비극적 풍경들이 그려지기도 하고요. 만의 실제 경험도 녹아 있습니다. 폐렴 증세로 다보스의 요양원에서 치료 중이던 아내를 문병하러 가서 약 3주간 요양원에 머문 경험이 작품의 바탕이 됐습니다.

만은 나치 정권에 공개적으로 맞섰다가 망명길에 올라야 했

토마스 만.

습니다. 1930년에는 나치에 대한 신랄한 비판을 담은 〈마리오와 마술사〉라는 단편 소설을 발표했고, 나치와 전쟁에 반대하는 공개 강연을 이어갑니다. 독일이 나치즘의 광풍에 휩쓸리던 시절 만은 매국노 취급을 당합니다. 1933년 베벨광장에 모인 나치 지지자들은 '반독일적 사상'을 담은 책을 도서관에서 끌어내 화형식을 치릅니다. 이른바 베를린 분서. 에밀 졸라(Émile Zola), 카프카, 카를 마르크스(Karl Marx) 등의 책이 한 줌 재로 변했습니다. 이때 만의 책들도 불태워졌죠. 그는 결국 독일을 떠나 스위스에 머물다가 국적까지 포기하고 미국으로 망명합니다. 그러나 당시에도 만의 소설을 사랑하고 지지하는 사람들이 있었고, 《마의 산》은 끝내 살아남아 오늘날 사람들로 하여금 인생과 죽음, 사랑에 대한 사유를 이어가게 만듭니다.

죽음이라는 화두에서 벗어날 수 없는, 유한한 인간은 어떻게 생을 긍정할 수 있을까요. 소설 마지막 문장을 통해 만은 묻습니다. "온 세상을 뒤덮는 죽음의 축제에서도, 사방에서 비 내리는 저녁 하늘을 불태우는 열병과도 같은 사악한 불길 속에서도, 언젠가 사랑이 샘솟는 날이 올 것인가?"(하권 727쪽)

2부 예술을 낳은 예술

《작은 아씨들》

루이자 메이 올컷

당신은 작은 아씨들 중 누구인가요

"《작은 아씨들》은 소녀들에겐 영혼의 책이다. 그들은 누구나 자신이 네 자매 중 누구인지 생각하며 성장한다. 이 자매들을 현대 한국으로 데려와보고 싶었다."[*] 드라마 〈작은 아씨들〉 극본을 쓴 정서경 작가는 "소설에 대한 존경과 감사를 담아 감히 제목을 '작은 아씨들'로 지었다"고 말했어요. 그는 영화 〈헤어질 결심〉 〈아가씨〉 등을 집필한 스타 작가입니다.

1868년 처음 출간된 고전 소설, 루이자 메이 올컷(Louisa May Alcott)의 《작은 아씨들》(허진 옮김, 열린책들, 2022) 속 자매들은 대

[*] 이데일리(2022. 08. 26).

체 어떤 매력이 있기에 150년 뒤 한국으로 초대됐을까요.

전쟁 같은 현실을 살아내는 네 자매

《작은 아씨들》은 19세기 미국을 배경으로 네 자매의 성장을 그립니다. 첫째 메그, 둘째 조, 셋째 베스, 막내 에이미 모두 각기 다른 매력을 지닌 소녀들이죠. 여기까지 들으면 꽃같이 아름다운 네 소녀의 향기로운 일상이 펼쳐질 것만 같습니다.

하지만 소설 속 자매들은 만만치 않아요. 첫 문장부터가 그렇습니다. "선물이 없는 크리스마스는 크리스마스가 아니야." 소설은 둘째 조의 불평으로 대뜸 시작해 뒤이어 첫째 메그의 한숨으로 이어집니다. "가난은 정말 끔찍해!"(1권 11쪽)

네 자매의 아버지는 목사로, 남북전쟁에 참전해 자리를 비웠습니다. 자매들은 어머니인 마치 부인을 총사령관으로 삼고 전쟁 같은 현실과 맞섭니다. 가난은 수시로 삶을 위협하지만, 이들은 서로에 대한 사랑과 유머를 잊지 않습니다. 후원자인 친척에게 보낼 이불을 만들며 각자 맡은 부분을 유럽, 아시아, 아프리카, 아메리카라고 부릅니다. 각 대륙에 속한 나라에 관해 이야기하며 바느질하느라 시간 가는 줄 모르죠.

2부 예술을 낳은 예술

네 자매가 가난에 대처하는 방식을 통해 자연스레 이 인물들의 개성과 매력이 드러납니다. 예컨대 아름다운 첫째 메그는 가정교사로 일하며 돈을 버는데, 허영심과 현실감 사이를 끊임없이 오갑니다. 여성은 직업 선택의 자유가 없고, 결혼이 사실상 유일한 '신분 상승'의 기회이던 시대. 메그는 결국 자신의 마음을 좇아 돈도 지위도 없는 남자와 결혼합니다. 그렇다고 화려한 생활에 대한 선망이 없는 건 아니죠. 값비싼 드레스용 비단을 덜컥 샀다가 마음 졸이는 메그의 모습은 충동적으로 신용 카드를 긁은 뒤 후회하는 나와 크게 다르지 않습니다.

음악을 사랑하는 베스는 좋은 피아노를 가질 수 없어 남몰래 울지만, 이웃 로런스 씨의 마음을 움직여 그 집에서 그랜드 피아노를 마음껏 연주할 기회를 얻습니다. 마냥 철부지 막내였던 에이미는 시간이 지날수록 성숙해져 작품 마지막에는 겸손과 감사에 대해 말해요. 독자는 이들 중 자신과 닮았거나 닮고 싶은 인물에 공감하며 이야기에 빠져들게 됩니다.

이 소설은 당대에는 드물게 주체적 여성들의 연대를 그린 작품입니다. 중간중간 매력적인 남자 인물들이 나오긴 하지만, 제목이 알려주듯 이 작품의 명백한 주인공은 네 자매죠. 각기 다른 매력을 지닌, 활기 넘치는 작은 아씨들이요. 덕분에 시간이 지나도 작품은 낡은 이야기라는 느낌을 주지 않습니다. 100년 넘는 세월이 흐르는 동안 일곱 차례나 영화로 만들어졌습니다. 지금 봐도 여전히 유쾌하고 울림 있는 얘기라는 증거입니다.

노처녀라는 멋진 꿈

《작은 아씨들》을 사랑한 소녀들에게 가장 충격적인 대목은 아마 로리와 에이미의 결혼일 겁니다. 로런스 가문의 청년 로리는 조를 향해 사랑을 고백한 인물이거든요. "너를 처음 알게 된 순간부터 줄곧 사랑했어, 조. 어쩔 수 없었어."(2권 217쪽) 책을 사랑하는 두 사람은 영혼의 단짝처럼 어울렸고, 로리는 자신의 구애를 거절하는 조를 향해 "난 다른 여자를 사랑할 수 없어. 널 잊지 않을 거야, 조. 절대로! 절대로!"(2권 220쪽) 발까지 구르며 말했으니까요.

그런 로리는 다른 사람도 아니고 조의 동생 에이미와 결혼합니다. 이 대목에서 배신감을 느낀 소녀들이 적지 않죠. 어떤 사람들은 '로리가 사랑한 건 조가 아니라 조의 가정'이라고 말하기도 합니다. 로리는 부모를 일찍 잃고 할아버지인 로런스 씨와 살면서 가슴 속에 외로움을 지닌 인물로, 시끌벅적하고 사랑 넘치는 조의 가족들을 부러워합니다.

하지만 이건 에이미가 얼마나 매력적인 캐릭터인지 몰라서 하는 말입니다. 작가의 분신 같은 조에 가려졌을 뿐, 에이미는 언니들이 '꼬마 라파엘로'라는 별명을 붙여줄 정도로 그림에 남다른 재능이 있고 화가를 꿈꿀 정도로 예술을 사랑합니다. 코가 높아지길 바라면서 빨래집게로 코를 집은 채 잠드는 엉뚱한 아가씨이기도 하고요. 로리와 에이미는 파리 유학 생활 중에 둘만의 추억을 쌓으며 점차 가까워지죠.

무엇보다 조는 "노처녀는 나의 운명"이라고 당당하게 외치던 아가씨거든요. '혼기'를 놓치면 흠결 있는 여자로 취급하던 시대, 조는 "남편 대신 펜, 자식 대신 소설이 가족인 글 쓰는 노처녀"가 되겠다고 선언합니다. "감히 말하지만 익숙해지면 노처녀인 것도 아주 편해."(2권 347~348쪽) 이렇게 말하던 조도 훗날 대학교수 프리츠와 사랑에 빠져 결혼을 하죠. 사랑은 누구든 완전히 다른 사람으로 바꿔놓기 마련이니까요.

소설은 시간이 흘러 마치 부인과 세 딸이 대화를 나누는 장면에서 끝납니다. 그 사이 조와 프리츠는 가난하고 외로운 아이들을 위한 학교를 열었고, 에이미는 아픈 외동딸을 돌보면서도 "예술가로서의 꿈을 완전히 접은 건 아니"라고 말하는 강인한 여성이 됐습니다. 메그도 "나는 세상에서 가장 행복한 여자"라고 말할 수 있는 여유를 갖췄고요.

루이자의 분신, 조

네 자매 중에는 작가의 분신이 있어요. 소설가를 꿈꾸는 둘째 조입니다. 그녀는 언젠가 자신의 책을 출판하겠다는 목표로 틈틈이 글을 쓰고 원고를 정리합니다.

조에게 작가가 된다는 건 명예인 동시에 생계의 수단입니다. 소설 속에서 조는 신문사의 투고 담당자를 찾아가 작품을 보여주고 원고료 얘기를 나누죠. 신인에게는 고료를 주지 않고 신문에만 실어준다는 말을 듣고 온 날, 동생에게 말합니다. "아, 너무 행복해. 언젠가는 글을 써서 먹고살면서 언니랑 너희들을 도와줄 수 있을지도 몰라."(1권 274쪽)

조를 창조해낸 올컷도 그랬죠. 올컷은 1832년 미국 펜실베이니아주 저먼타운에서 네 자매 중 둘째로 태어났습니다. 가난 때문에 자주 이사를 다녔고, 조가 그랬듯 동생이 일찍 세상을 떠나는 가슴 아픈 경험도 했습니다. 올컷의 아버지는 사회운동가였는데 돈 버는 재주가 없었어요. 올컷은 삯바느질을 하고 가정교사·가정부·종군간호사로 일하며 소설로 가족들을 먹여 살렸고, 《작은 아씨들》이 크게 성공한 덕에 가난을 벗어났습니다. 잡지에 연재하던 소설이 인기를 끌자 단행본으로 출간됐죠. 이후 《작은 아씨들》의 후속편 성격인 《작은 신사들》《조의 아이

들》도 출간하며 열정적인 집필 활동을
했습니다. 올컷은 평생 참정권 등 여성
의 권리를 강하게 주장했고 결혼하지
않았습니다.

루이자 메이 올컷.

조는 여성 작가들의 롤모델로 꼽힙
니다. 프랑스 소설가이자 철학자, 여성
운동가인 시몬 드 보부아르(Simone de
Beauvoir) 역시 조를 보면서 작가의 꿈을 키웠다고 합니다.

올컷은 《작은 아씨들》의 인기에 힘입어 이 작품 속 마치 가
족에 대한 이야기를 연달아 써냈습니다. 가족애를 줄곧 강조한
이야기로 '19세기 가정의 안락함을 이상화했다' '소녀들을 위한
도덕책 같다'는 말을 듣기도 했지만, 그저 그런 소설이었다면 소
녀들이 이렇게 오래 사랑했을 리 없죠. 소녀들은 어른들의 생각
보다 더 똑똑하고 깐깐하니까요.

책은 마치 부인의 애정 어린 말로 끝납니다. "아, 얘들아. 너
희가 아무리 오래 살아도 나는 너희가 지금보다 더 행복해지기
를 바랄 수 없구나!"(2권 432쪽)

3부

금기에 도전하는 고전

성(性), 죽음, 비극…….
사람들이 꺼리는 이야기가 어떤 작가에겐 훌륭한 소재입니다.
말할 수 없는 것을 말하면서 역사가 시작됩니다.

《채털리 부인의 연인》

데이비드 허버트 로런스

이 책이
원조 야설이라고요?

사람 마음은 참 이상합니다. 왜 하지 말라고 하면 더 하고 싶어질까요?

예술가들도 마찬가지예요. 금기는 예술의 훌륭한 재료입니다. 신의 엄포에도 기어이 에덴동산의 선악과를 따먹은 아담과 이브처럼, 예술가는 사회의 터부와 제약을 창작의 원동력으로 삼곤 합니다.

모든 인간이 언젠가 맞이하지만 외면하고 싶은 죽음, 일상을 뒤흔드는 재난과 비극은 동서고금의 예술가들이 사랑한 주제입니다. 범죄와 악을 다룬 작품은 끊임없이 윤리란 무엇인지 묻습니다.

그중에서도 성은 매혹적인 금기입니다. 인간의 원초적 욕망은 이를 관리하려는 사회 질서와 긴장 관계에 있으니까요. 과거에는 더했죠. 특히 남성 중심 사회에서 여성이 자신의 욕망을 드러내는 건 금지되다시피 했습니다.

1928년 발표된 데이비드 허버트 로런스(David Herbert Lawrence)의 소설 《채털리 부인의 연인》(D. H. 로런스, 이인규 옮김, 민음사, 2003)은 이런 금기를 깨부순 작품입니다. 이 책을 토대로 만든 영화를 넷플릭스에서 청소년 관람 불가 등급으로 공개한 걸 생각하면, 약 100년 전 세상에 나온 이 소설은 여전히 도발적입니다.

출판을 금지당한 문제작

제목이 스포일러입니다. 조금 이상하지 않나요. 부인이라고 불린다면 결혼한 여자일 텐데, 연인이 따로 있다는 거잖아요.

기혼인 귀족 여성 콘스턴스(코니) 채털리는 가정 밖에서 연인을 찾습니다. 코니는 시골 마을에서 남편 클리퍼드 채털리를 간호하며 지내고 있었습니다. 두 사람의 달콤한 신혼 생활은 겨우 한 달이었어요. 이들은 제1차 세계대전 중 결혼했는데, 클리

3부 금기에 도전하는 고전

퍼드는 한 달 만에 영국군에 입대해 전쟁터로 떠납니다. 그리고 부상으로 하반신이 마비된 채 집으로 돌아오죠. 클리퍼드의 아버지는 아들의 부상에 억장이 무너져 화병으로 세상을 떠나고, 클리퍼드는 남작 작위를 물려받아 '채털리 경'이 됩니다.

코니는 남작의 아내로서 '채털리 부인'이라는 근사한 이름으로 불리지만, 속은 새까맣게 타들어가고 있습니다. 그녀는 남편의 장애로 잠자리를 같이할 수 없게 되자 자신의 욕망을 주체하지 못합니다. 작위를 물려줄 아들을 원하는 남편의 묵인하에 몇몇 남자들과 육체관계를 맺죠. 그러던 코니는 사냥터지기 올리버 멜러즈와 계급을 초월한 사랑에 빠져듭니다. 숲속에 초롱꽃이 피어나는 봄날, 멜러즈의 오두막에 갔다가 삐악삐악 소리 내며 돌아다니는 병아리들을 본 코니는 그 생동하는 풍경에 사로잡힙니다. 병든 남편과 함께 시들어가던 코니는 숲속 생명들 사이에서 자신의 욕망이 폭발하는 걸 느끼고, 그렇게 멜러즈와 잠자리를 갖습니다. 문제는 멜러즈 역시 딸이 있는 유부남이라는 거죠. 아내가 가출하긴 했지만요.

둘의 열정은 식을 줄을 모르고, 코니는 멜러즈의 아이를 갖습니다. 그녀는 멜러즈에게는 당신과 함께 살고 싶다고, 클리퍼드에게는 다른 사람을 사랑하게 됐으니 이혼해달라고 말해요. 멜러즈는 시골 농장에서 일자리를 얻습니다. 둘이 함께할 미래를 각자의 자리에서 준비하는 모습으로 소설은 끝을 맺습니다.

이 작품은 정사를 노골적으로 묘사해 출간 당시 외설 논란에 시달렸습니다. 멜러즈가 코니의 은밀한 곳을 어루만지면서 "당신은 진짜"고 "이건 예술"이라고 소리치거나, 두 사람이 서로의 벌거벗은 몸을 물망초 꽃으로 장식하는 장면까지 나옵니다. 인터넷 서점의 댓글 중에는 '원조 야설'이라는 표현도 있더군요. 계급을 초월한 사랑, 욕망에 충실한 여성 등은 당시로서는 너무도 충격적인 소재였습니다.

로런스는 이탈리아에서 최종본을 완성한 뒤, 현지 출판사들로부터 성 묘사와 비속어를 들어내면 출판해주겠다는 제안을 받습니다. 하지만 이를 거절하고 자기 돈을 들여 책을 냅니다.

영국과 미국에선 아예 출판을 금지했습니다. 1959년에야 미국 출판사에서 무삭제판을 출간하는데, 소설이 처음 세상에 나온 지 31년, 로런스가 세상을 떠난 지 29년이 흐른 뒤였습니다. 그런데도 미국 연방정부의 우정장관이 외설이라며 작품을 압수하고 배송을 막습니다. 당시는 주로 우편배달로 책을 사 읽었기 때문에 사실상 유통을 금지한 셈이었죠. 출판사는 법정 공방에서 승소하고 나서야 책을 자유롭게 팔 수 있었습니다. 이 소식이 되려 독자의 관심에 불을 붙여 출간 즉시 베스트셀러가 됩니다. 사람 마음이란……. 당시에는 책을 무단으로 복사한 불법 해적

3부 금기에 도전하는 고전

판도 난무했다고 합니다. 이듬해인 1960년 영국에서도 소송 끝에 책이 나왔고, 무죄 판결 직후에만 25만 부가 팔려나갑니다.

인간에게 육체란

그저 야하기만 했다면 고전의 반열에 오르지 못했겠죠. 로런스는 성이라는 소재를 통해 '육체의 회복'을 꿈꿨습니다. 돈, 기계, 이성이 지배하는 산업 사회에서 인간다움을 지키기 위해서는 인간과 인간의 육체적 접촉, 내밀한 상호 작용을 주목해야 한다고 봤습니다. 로런스는 《게으름에 대한 찬양》을 쓴 철학자 버트런드 러셀(Bertrand Russell), 《멋진 신세계》를 쓴 올더스 헉슬리(Aldous Huxley) 등 당대 지성인들과 교류하며 이런 자신만의 철학을 완성했습니다.

작품 속 멜러즈는 코니와 육체관계를 맺으며 생각합니다. "나는 돈과 기계, 그리고 세상의 생명 없이 차갑고 관념적인 원숭이 작태에 맞서 싸우고 있다."(2권 267쪽) 사냥터지기인 그가 남작 부인과 맨몸으로, 인간 대 인간으로 나누는 대화들은 피지배 계급과 지배 계급의 경계를 허뭅니다. 벌거벗은 인간, 사랑에 빠진 인간에게 계급은 쓸모없는 단어일 뿐이죠.

남작 부인 자리를 미련 없이 버리고 사랑을 찾아 떠나는 코니의 캐릭터도 매력적입니다. 코니가 클리퍼드의 영향력에서 벗어나는 과정을 책은 이렇게 묘사합니다. "그녀는 이제 가만히, 섬세하게, 자신과 그의 뒤엉킨 의식의 타래를 풀어갔다. 엉킨 실뿌리들을 부드러이 하나씩 하나씩 참을성 있게 풀면서, 그리고 동시에 어서 풀려나고 싶은 마음으로 끊어내면서."(1권 179쪽)

생생한 문장으로 인해 번역하기는 까다로운 작품입니다. 멜러즈의 경우 잉글랜드 중부 더비셔 지방의 방언을 구사합니다. 최희섭 전주대 명예교수는 펭귄클래식시리즈에서 올리버의 말을 충청도 사투리로, 이인규 국민대 교수는 민음사 세계문학전집에서 일부러 맞춤법에 어긋나게끔 소리 나는 대로 문장을 표기하는 식으로 옮겼습니다.

'인간다움이란 무엇인가?'《채털리 부인의 연인》이 던지는 질문은 이렇게 요약할 수 있습니다. 시대가 바뀌어도 여전히 도발적인 이 작품은 독자들로 하여금 표현의 자유, 금기와 예술의 관계, 문명과 본능의 경계에 대해 생각하게 만들죠. 20세기에 쓰인 이 작품이 21세기 한국 사회에서 여전히 매력적인 이유입니다.

아직도 이 책이 '원조 야설'로 보이시나요?

프리다 부인의 연인, 로런스

어쩌면 사랑과 금기에 대한 고민은 로런스 자신의 이야기일 수도 있습니다. 《채털리 부인의 연인》을 쓴 로런스는 '프리다 부인의 연인'이었습니다. 영국 노팅엄 대학교를 졸업하고 교사로 일하던 20대의 로런스는 대학 은사의 부인이자 세 딸의 어머니인 프리다와 사랑에 빠집니다. 두 사람은 독일과 이탈리아로 사랑의 도피를 했죠. 로런스는 프리다의 이혼이 마무리되기를 기다렸다가 1914년 영국으로 돌아와 그녀와 정식으로 결혼했습니다.

로런스의 대표작 《채털리 부인의 연인》은 그가 말년에 쓴 작품이에요. 젊어서는 소설보다 시를 쓰는 데 몰두했습니다.

로런스는 1885년 잉글랜드 중부 노팅엄 근처 탄광촌 이스트우드에서 광부의 아들로 태어났습니다. 아버지는 제대로 된 교육을 받지 못했지만, 어머니는 이따금 시를 쓰는 전직 교사였어요. 육체노동자 아버지와 정신노동자 어머니 사이에서 나고 자란 자신을, 로런스는 '중간자'라고 표현하곤 했습니다. 이성과 육체, 남성과 여성…… 상반하는 두 가치가 조화를 이루는 방안으로 그는 성과 사랑에 주목한 겁니다.

로런스는 1908년 대학을 졸업하고 교사로 일하며 간간이 시

데이비드 허버트 로런스.

를 발표합니다. 폐렴으로 교단을 떠난 그는 앞서 말한 사랑의 도피 행각을 벌였습니다. 제1차 세계대전 중에는 간첩 혐의를 받기도 하고, 독일·오스트리아·프랑스·이탈리아·미국·멕시코 등을 여행하며 작품 활동을 합니다. 《무지개》 《사랑에 빠진 여인들》 등을 펴내 유럽과 미국에서 호평을 얻었습니다. 1925년 이탈리아에서 《채털리부인의 연인》 집필을 시작했고, 이 작품 발표 후 지병인 폐결핵이 심해져 프랑스 남부의 요양원에 들어갑니다. 그곳에서 로런스는 1930년에 숨을 거둡니다.

《프랑켄슈타인》

메리 셸리

프랑켄슈타인은 괴물의 이름이 아니다

관자놀이에 박힌 커다란 나사못, 거대한 몸집, 헝겊 인형처럼 바느질로 기운 초록색 피부, 멍청한 표정, 누더기 같은 옷……. '프랑켄슈타인'이라는 단어를 들으면 이런 모습을 떠올리기 쉽습니다. 당신이 생각하는 그 괴물의 이름은 프랑켄슈타인이 아닙니다.

메리 셸리(Mary Shelley)의 소설 《프랑켄슈타인》(김선형 옮김, 일러스트판, 문학동네, 2024)은 이를 영화로 옮긴 작품으로 더 유명합니다. 제임스 웨일(James Whale) 감독이 만든 영화 〈프랑켄슈타인〉〈프랑켄슈타인의 신부〉가 소설에 대한 오해를 낳았습니다. 영화 포스터에 등장한 초록빛 피부의 인조인간이 워낙 강렬해 '프랑켄슈타인' 하면 떠오르는 이미지가 돼버렸어요.

하지만 소설 속 '프랑켄슈타인'은 괴물이 아닙니다. 자기 손으로 인간을 만들어내기를 꿈꾸던 괴짜 과학자의 이름이에요.

창조주를 꿈꾼 인간

이 소설은 이야기 속에 이야기가 들어 있는 액자 구조입니다. 소설의 문을 여는 편지를 쓴 사람은 북극 항로를 개척하려는 영국 청년 로버트 월턴. 그는 항해 중 배가 얼음에 뒤덮여 갇히고 맙니다. 그러다 빙하 조각을 타고 떠밀려온 한 남자를 구조하죠. 그는 자신에게서 도망친 누군가를 잡기 위해 추적 중이라고 말합니다. 이 남자의 이름이 바로 빅토르 프랑켄슈타인입니다.

소설은 프랑켄슈타인이 들려준 기이한 이야기를 월턴이 기록해 누나에게 전해주는 형식을 띠고 있습니다. "우리에게 너무 이상한 사건이 일어나서, 도저히 기록하지 않을 수 없군요. 이 편지가 누님의 손에 들어가기 전에 직접 저를 보시게 될 가능성이 아주 높지만 말입니다."(95쪽)

프랑켄슈타인은 제네바공화국의 귀족으로, 과학자를 목표로 독일에 유학을 갑니다. 그러다 '인간을 창조한 최초의 인간'이 되겠다는 발칙한 꿈을 꿉니다. 아무리 과학과 의학 기술이 발전했다지만, 오늘날에도 실험실에서 생명체를 만들어내는 건 금기의 영역입니다. 그건 창조주, 즉 신이 되려는 것과 마찬가지니까요.

흔히 말하는 생명의 존엄성에도 이런 관점이 들어가 있습니다. '존엄성'의 뜻을 표준국어대사전에서 찾아보면 이렇게 나와요. "감히 범할 수 없는 높고 엄숙한 성질". 생명을 감히 해할 수 없는 건 한 번 죽으면 되돌릴 수 없을 뿐만 아니라, 인간의 편의 대로 만들어낼 수 없기 때문입니다. 시작도 끝도 엄숙한 거죠.

프랑켄슈타인은 그런 존엄성에 도전합니다. 그는 공동묘지를 파헤치고 여러 인간과 동물의 사체를 짜깁기해 키 240센티미터의 거대한 '창조물'을 만드는 데 성공합니다. 겨울비가 추적추적 내리는 새벽 1시, 프랑켄슈타인은 자신의 창조물에 생명을 불어넣습니다.

누렇고 쪼글쪼글한 얼굴에 거무스름한 입술. 막상 살아 숨쉬는 창조물을 마주하니 프랑켄슈타인은 혐오감을 느끼고, 이름조차 붙여주지 않습니다. 소설 속에서도 시종일관 창조물 혹은 괴물이라고 부를 뿐입니다.

괴물은 프랑켄슈타인의 무시 속에 집을 떠나요. 다시 나타난 그는 흉측한 외모로 인해 사람들이 자신을 증오한다고 하소연합니다. 그간 겪은 고난과 고독을 털어놓으며 가족을 갖고 싶다고 말해요. 자신이 사랑하고 기댈 수 있는 또 다른 피조물을 만들어주면, 인간을 해치지 않고 멀리 떠나겠다고 약속합니다. "나를 위해 여자를 만들어달라. 내 존재에 필요한 공감을 함께 나누며 살아갈 수 있도록. 이건 당신만이 할 수 있는 일이다."(234쪽)

프랑켄슈타인은 괴물이 가족을 해칠까 봐 그와 짝지어줄 또 다른 괴물을 만듭니다. 창세기의 에덴동산에서 신이 아담의 짝 이브를 만들었듯이요. 그런데 프랑켄슈타인은 자신의 또 다른 창조물을 그만 찢어버립니다. 자신이 사람들을 해치는 괴물을 하나 더 만들어낸 걸 수도 있고, 여자 괴물은 남자 괴물과 짝지어지기를 바라지 않을 수도 있고, 서로 증오한 나머지 인간을 향해 더 큰 분노를 폭발시킬 수도 있고……. 문득 이런 공포가 꼬리에 꼬리를 물었기 때문입니다.

약속을 어긴 데 분노한 괴물은 "네 결혼식 날 밤에 찾아가겠다"는 경고를 남긴 채 떠나요. 이후 프랑켄슈타인의 친구인 앙리, 신부인 엘리자베트를 죽입니다. 복수심에 괴물을 찾아 헤매던 프랑켄슈타인은 거의 죽어가는 상태에서 월턴에게 발견된 것이죠.

프랑켄슈타인이 세상을 떠난 뒤 월턴은 그의 시신 앞에서 비통해하는 괴물을 발견합니다. 괴물은 다시는 세상에 자신 같은 존재가 만들어지지 않도록 스스로 불타서 사라지겠다며 배를 떠나죠.

혐오와 낙인에 대한 우화

오늘날 SF의 효시로 불리는 이 소설은 '인간이 창조주가 됐을 때, 그 결과물을 완벽하게 예상하거나 통제할 수 있을까'라는 공포스러운 질문을 담고 있습니다. AI 등 기술이 발전할수록 이 소설이 다시 주목받는 이유죠. 전북도립미술관에서는 인간과 기계의 공존에 대한 특별전을 개최하며 〈미안해요, 프랑켄슈타인〉이라는 제목을 짓기도 했습니다. 《프랑켄슈타인》을 재해석한 소설 《가여운 것들》은 에마 스톤(Emma Stone) 주연의 영화로 만들어졌고요.

"전 인류가 내게 죄를 지었는데, 나만 유일한 범죄자라는 명에를 써야 하는가?"(323쪽) 괴물은 떠나기 전에 묻습니다. 《프랑켄슈타인》은 혐오와 낙인에 대한 우화입니다. 죄짓지 않은 존재가 겉모습이 다르다는 이유로 혐오의 대상이 된 끝에 (사람들의 편견대로) 악행을 저지르는 악순환이 벌어지니까요. 소설 속에서 괴물을 따뜻하게 대해준 유일한 존재가 눈먼 노인 한 사람이었다는 사실은 의미심장합니다. 시력과 무언가를 투명하게 바라볼 수 있는 능력은 별개인 걸까요?

저자의 남편이기도 한 영국 시인 퍼시 셸리(Percy Shelley)는 이 작품의 교훈이 "적절한 대우를 받지 못하면 사악해진다는 것"

이라고 말했어요. "사회에 이바지하거나 세상에 빛을 더해줄 자질이 충분한 사람들이 우연한 계기로 경멸의 대상으로 낙인찍혀 멸시와 고독 속에서 결국 골칫거리로, 저주받은 낙오자로 전락하는 사례는 수없이 많다."(메리 셸리, 《프랑켄슈타인》, 박아람 옮김, 휴머니스트, 2022, 329~330쪽)

괴물에게 제대로 된 이름조차 없다는 건 아무도 그의 가치를 알지 못하고, 알려고도 하지 않았다는 의미입니다. 그 결과 우리는 아직도 그의 정체를 잘못 기억하고 있습니다.

이름 없는 괴물, 이름 없는 작가

이 소설에서 이름이 없는 건 괴물뿐만이 아니었습니다. 작가 메리 셸리는 1818년 1월에 런던에서 익명으로 이 소설을 출간합니다. 당시 셸리의 나이는 열여덟 살. 별장에서 시인 조지 바이런(George Byron) 등 친구들과 함께 무서운 이야기를 하나씩 짓는 놀이를 하다가 소설을 구상했어요. 어린 여성이 책을 내기 힘든 사회 분위기 탓에 이름을 밝히지 않았다가 뒤늦게 정체가 알려지자 "젊은 여자가 어떻게 이렇게 해괴한 이야기를 썼느냐"는 말을 들었죠.

3부 금기에 도전하는 고전

지금 보면 어린 여성 작가가 괴담을 썼다고 비판하는 당시 분위기가 괴담처럼 공포스럽습니다. 어쩌면 인간은 미지의 존재, 잠재력을 다 가늠할 수 없는 존재를 무턱대고 배척하는 게 아닐까요.

셸리는 1979년 영국 런던에서 태어났습니다. 아버지는 진보적 교육사상가이던 윌리엄 고드윈(William Godwin), 어머니는 여성해방운동의 선구자로 《여성의 권리 옹호》를 쓴 메리 울스턴크래프트(Mary Wollstonecraft)였어요. 비록 어머니는 출산 후유증으로 일찍 사망했지만, 아버지의 영향 아래 어려서부터 문인들과 교류하며 자라났습니다.

남편 퍼시 셸리는 아버지의 제자였습니다. 처음 만났을 때 그는 유부남이었으나 둘은 함께 유럽 여행을 떠나고, 셸리는 그곳에서 《프랑켄슈타인》 집필을 시작합니다. 퍼시의 부인이 자살한 뒤 두 사람은 결혼식을 올렸지만, 다섯 명의 아이 중 넷을 잃는 불행을 겪습니다. 1822년에는 퍼시마저 사고로 익사합니다. 셸리는 하나 남은 아들을 돌보며 《최후의 인간》 《포크너》 등의 소설을 써냅니다. 그녀는 1851년 런던에서 뇌종양으로 사망했습니다.

《자기만의 방》

버지니아 울프

셰익스피어에게
여동생이 있었다면

　　"'여성과 픽션'에 대해 이야기하라고 했는데 내가 자기만의 방이라는 말을 꺼낸다면 도대체 그게 무슨 관련이 있느냐고 말하겠지요. 설명해보도록 하지요."(버지니아 울프, 《자기만의 방》, 이미애 옮김, 민음사, 2016, 17쪽) 버지니아 울프(Virginia Woolf)의 《자기만의 방》은 이렇게 시작합니다. 마치 자신의 책이 여성과 글쓰기에 대한 문제작으로 자리매김할 걸 미리 내다본 듯이, 페미니즘에 대한 무수한 의심과 공격을 익히 안다는 듯이 말이죠.

　　이 책은 울프가 케임브리지 대학교에서 강연한 원고를 기초로 약 1년 뒤인 1929년에 출간한 논픽션입니다. 대화체 문장이 친숙한 동시에 도발적이죠. 울프가 내세운 화자는 허구의 여성입니다. "나를 메리 비턴이나 메리 시턴, 또는 메리 카마이클, 아니면 여러분이 좋을 대로 아무 이름으로나 불러도 상관없습니다."(19쪽) 그녀는 울프의 분신일 수도, 당신일 수도 있죠. 울프는 특정할 수 없는 화자를 통해 자신의 주장을 여성 보편의 이야기로 확장합니다.

여성이 자신의 목소리를 내는 것, 시민으로서 한 사람 몫의 온전한 권리를 누리는 건 오래도록 금기였습니다. 울프는 그 금기를 깨부수기 위해 이 책을 썼습니다.

책이 출간된 시기를 생각하면 의아할 수 있어요. 《자기만의 방》이 세상에 나온 해는 여성 참정권 투쟁에서 어느 정도 승리를 거둔 때라고 볼 수 있습니다. 1918년 '서프러제트'로 불리는 영국 여성들은 치열한 싸움 끝에, 일정한 자격을 갖춘 30세 이상의 여성에게 참정권을 부여하는 국민투표법 제정을 이끌어냈습니다. 10년 뒤인 1928년에는 성별과 상관없이 평등한 참정권이 주어집니다. 미국에서는 1920년 '어떤 주도 성별을 이유로 미국 시민의 투표권을 부정하거나 제한할 수 없다'는 내용의 수정 헌법 19조를 통과시켰습니다.

하지만 울프는 투표권만으로는 충분하지 않다고 봤습니다. 여성들이 그간 억눌러온 잠재력을 펼치기에는 아직 제약이 많았거든요.

여자 혼자 도서관도 못 가던 시대

울프는 이 책에서 "여성이 글을 쓰기 위해서는 돈과 자기만의 방을 가져야 한다"고 말합니다. 오로지 이 주장을 위해 책을 썼다고까지 해요. 그런데 돈과 방이 여기서 대체 왜 나오는 걸까요?

울프는 도서관에 대한 다소 '치사한' 일화로 이야기를 시작합니다. 작중 화자는 어느 날 여성과 픽션에 대한 강연을 준비하기 위해 대학 도서관으로 향합니다. 자료도 들춰보고, 생각을 정리하기 위해서입니다. 그런데 경비원이 나타나 그녀를 내쫓습니다. "그는 미안한 표정으로 내게 돌아가라고 손짓하며 여성이 도서관에 들어가려면 대학 연구원을 동반하거나 소개장을 소지해야 한다고 유감스럽다는 듯 나지막이 말했습니다."(23~24쪽) 한마디로 여자는 도서관 출입 금지라는 거죠.

화자는 아득한 기분에 빠져듭니다. 그녀의 생각은 '내가 남자라면 달랐을까?'라고 질문하는 데서 그치지 않습니다. 다른 변수들을 상상해봅니다. '내가 막대한 재산을 모아 대학 도서관을 짓는 기금으로 내놓았다면, 그러니까 이 도서관 기둥 하나, 벽돌 하나에 내 돈이 들어갔다면 달랐을까?' 하지만 이런 꿈조차 꾸기 힘듭니다. 왜냐하면 법률상 여성이 재산을 소유할 수 있게 된

지 얼마 지나지 않았거든요. 그전까지 수 세기 동안 여성의 재산은 남편 명의로 등록해야 했죠. 그러니 여성은 돈을 벌고 불리는 교육에서 배제됐고요.

울프는 자신에게, 그리고 독자에게 질문을 던집니다. "우리의 어머니들은 도대체 무엇을 하고 있었기에 우리에게 물려줄 재산이 없었을까요?"(41쪽)

이런 이야기를 통해 울프는 글 쓰려는 여성에게 필요한 건 공간적 독립(자기만의 방)과 재정적 독립(돈)이라고 주장합니다. 작가뿐일까요. 어떤 일이든 여성이 꿈꾸는 직업을 갖고 시간을 투자해 성공하려면 두 요소가 필요하다고 본 거죠. '자기만의 방'이란 결국 여성이 자아실현을 위해 몰입하는 시간을 누릴 수 있고, 그 시간을 가족과 사회가 당연하게 존중해준다는 의미일 겁니다.

죽거나 혹은 마녀가 되거나

그나마 현실 속 울프는 운이 좋은 편이었습니다. 숙모가 2500파운드의 유산을 물려준 덕에, 그녀는 경제적으로 숨통이 트입니다. 이와 비슷한 내용을 책에 쓰기도 합니다. 여성이 참정권을 얻은 해 즈음 유산 상속으로 연 500파운드의 연금을 받게 됐다고요. "둘—투표권과 돈—중에서 돈이 더 무한히 중요해 보였다는 사실을 고백해야겠지요."(63쪽) 울프는 고정 수입이 생긴 덕분에 신문 기고, 노부인에게 책 읽어주기 같은 자질구레한 돈벌이에서 벗어나 자신이 쓰고 싶은 글을 쓰는 작업에 몰두할 수 있게 됩니다.

울프 역시 자신이 특수한 조건을 누리고 있음을 알았을 겁니다. 뜻이 맞는 사회사상가이자 작가인 남편 레너드 울프(Leonard Woolf)는 가족이면서 동료였고요.

하지만 그녀는 외로웠습니다. 롤모델을 찾을 수 없었으니까요. 선례를 찾을 수 없다는 건 두렵고 막막한 일이죠. 자신의 미래를 그려보기가 어렵고요. 울프는 책을 통해 이렇게 말합니다. "내가 유감스러워하는 것은 18세기 이전의 여성들에 대해서 알려진 바가 전혀 없다는 사실입니다. 내 마음속에서 이리저리 굴려 볼 만한 모델이 없는 것이지요. 여기서 나는 엘리자베스 시대에 여성들이 왜 시를 쓰지 않았는지를 묻고 있습니다만 그들이 어떤 교육을 받았는지 (……) 모르고 있습니다."(74쪽) 그러니까 이런 역사적 맥락에서 유명 여성 작가를 찾기 힘든 건 당연한 일이라는 결론에 도달합니다. 여성이 열등해서가 아니라요. "이러한 사실만을 놓고 보더라도 만일 그들 중 누군가가 갑자기 세

익스피어의 희곡을 썼더라면 그것은 대단히 기이한 일이었을 겁니다."(75쪽)

울프는 셰익스피어에게 뛰어난 재능을 갖춘 주디스라는 누이가 있었다는 상상을 해봅니다. 주디스는 학교에 다니지 못했을 테고, 문법과 논리학을 배울 기회도 없죠. 어쩌다 오빠의 책을 읽으면 부모님은 쓸데없는 짓을 하지 말라고 타이릅니다. 스무 살이 되기도 전에 본인의 뜻과 상관없이 약혼하고, 못다 이룬 꿈을 지닌 채 어느 한겨울밤 스스로 목숨을 끊을 거라고 울프는 말합니다. "16세기에 태어난 위대한 재능을 가진 여성은 틀림없이 미치거나 총으로 자살하거나 또는 마을 변두리의 외딴 오두막에서 절반은 마녀, 절반은 요술쟁이로 공포와 조롱의 대상이 되어 일생을 끝마쳤을 거"(79쪽)라고도 합니다.

울프, 그녀만의 문학

선구자의 외로움을 누구보다 잘 알았기 때문일까요. 그녀의 생은 비극적 결말로 기억됩니다.

울프의 결혼 전 본명은 애들린 버지니아 스티븐. 1882년 영국 런던에서 태어난 그녀는 열세 살 때 어머니를 잃습니다. 이로 인한 상실감은 울프의 생애를 괴롭힌 정신 질환의 원인 중 하나로 지목됩니다. 그녀의 아버지는 《18세기 영국 사상사》를 쓰고 《영국 인명사전》 편집을 맡아 빅토리아 시대의 학자, 평론가, 전기 작가로 널리 이름을 떨친 레슬리 스티븐(Leslie Stephen)입니다. 그런 아버지마저 1904년에 사망하자 울프는 다시 신경 쇠약을 앓고 자살까지 시도합니다.

회복 후 울프는 런던 블룸즈버리로 이사해 당대의 예술가, 비평가, 학자들과 어울립니다. 경제학자 존 케인스(John Keynes), 소설가 에드워드 포스터(Edward Forster) 등이 울프의 집에서 목요일마다 토론을 벌였고, 이들을 '블룸즈버리 그룹'이라고 부릅니다.

버지니아는 1912년 비평가이자 정치평론가이던 남편과 결혼하고, 이후 1915년에는 6년간 작업한 첫 소설 《출항》을 출간합니다. 1917년 울프 부부는 인쇄기를 구입하며 호가스 출판사를 세워 《밤과 낮》《댈러웨이 부인》《등대로》 등을 내놓습니다.

제2차 세계대전이 발발한 후 마음이 예민하고 몸이 허약하던 울프의 정신 질환이 재발합니다. 좌파 운동가인 그녀는 독일 비밀경찰인 게슈타포의 '요주의 인물' 명단에 일찌감치 이름을 올리고 있었죠. 울프는 코트 주머니에 돌을 가득 채워 넣고 영국 우즈강으로 걸어 들어갔고, 그렇게 스스로 생을 마감합니다.

버지니아 울프.

울프 이후 세상은 어떻게 달라졌을까요. 그녀는 《자기만의 방》에서 '우리가 아무런 노력을 하지 않는다면 셰익스피어 누이 같은 사례가 다시 생겨도 시인이 되지 못할 것'이라고 말하며 책을 끝맺습니다. 다행히 우리에게는 여성의 목소리를 내기 위해 노력해온, 울프를 비롯한 작가들이 있지요.

2023년 국내에서 출간된 《문학의 역사》는 영국의 문학 연구자이자 칼럼니스트인 존 서덜랜드(John Sutherland)가 서양 문학사의 주요 흐름과 작가를 요약해 정리한 책입니다. 이 책에서 울프는 당당히 한 장을 차지하고 있습니다. 울프의 생애와 작품을 소개한 이 장의 제목은 '그녀만의 문학'. 이 책이 하나의 장을 할애한 또 다른 작가 중에는 셰익스피어도 있습니다.

3부 금기에 도전하는 고전

왜 하필
브람스였을까

여기 한 여자가 있습니다. 이름은 폴. 올해로 서른아홉 살입니다. 실내장식가인 그녀는 한 번의 결혼과 이혼을 겪었고, 연인 로제와 6년째 사귀고 있습니다. 서로를 뜨겁게 갈망하지는 않지만, 그렇다고 벗어날 수 있는 사이도 아닙니다. 이제 폴은 로제가 자신만큼이나 익숙해요. 그가 아닌 다른 누구도 새롭게 사랑할 수 없을 거라 생각할 정도로 말이죠.

폴의 확신을 시험하듯 그녀 앞에 스물다섯 살의 청년 변호사 시몽이 나타납니다. 젊고, 그래서인지 거침없고, 그러나 사랑에 서툰 남자죠. 시몽은 폴을 향한 마음을 감추지 않고, 그녀가 나이가 많든 연인이 있든 신경 쓰지 않습니다.

시몽은 폴에게 브람스를 좋아하냐고 불쑥 물으며 연주회에 가자고 제안합니다. 폴은 시몽의 쪽지를 받고 번지는 미소를 참지 못합니다. 그 쪽지는 20년쯤 전에 남자아이들이 건네던 데이트 신청을 떠올리게 했거든요. 그 무렵, 행복해지기를 포기하지 않았던 자신의 모습도 회상합니다.

1959년 출간된 프랑수아즈 사강(Françoise Sagan)의 소설 《브람스를 좋아하세요…》에는 독일 작곡가 요하네스 브람스(Johannes Brahms)의 음악이 주요 소재로 등장합니다. 왜 이 소설은 다른 작곡가도 아니고 브람스를 좋아하느냐고 물을까요. 대체 어떤 이야기이기에 브람스를 소환했을까요.

삼각관계 드라마의 고전

한 여자 그리고 두 남자. 요즘 드라마에서도 단골 소재인 '삼각관계'의 원조는 이 소설이라고 할 수 있습니다. 게다가 한 남자가 여주인공보다 한참 어린 '연상연하' 드라마죠.

삼각관계 이야기가 우리의 눈길을 사로잡는 이유는 독점적 연인이라는 환상을 위협하기 때문입니다. 연인이란 서로가 서로에게 대체 불가능한 사람임을 전제로 합니다. 당신은 나만의, 나의 유일한 연인······. 온종일 교복에 갇혀 있던 나, 직장의 부속품이던 나는 연인의 달뜬 눈동자 안에서만 대체할 수 없는 존재가 됩니다. 그러니까 "나는 당신을 원하지만, 반드시 당신이 아니어도 될 것 같긴 하네." 이따위 사랑 고백으로는 연인의 마음을 얻을 수가 없습니다. 에리히 프롬(Erich Fromm)이 《사랑의 기술》에서 말했듯 연인 간의 사랑은 배타적이고 독점적입니다. "성애에는, 형제애와 모성애에는 없는 독점욕이 있다. (······) 나는 나 자신을 오직 한 사람과만 충분하고 강렬하게 융합시킬 수 있다는 의미에서만 성애는 배타적이다."● 삼각관계는 이런 믿음을 깨고 내 연인에게 나 말고 다른 연인이 있을지도 모른다는 가능성을 보여줍니다. 이 위협은 느슨해진 연인에게 새삼 긴장감을 불어넣기도 하고, 연인 간의 은밀한 권력관계를 전복시키거나 둘의 신뢰를 산산조각내기도 합니다.

《브람스를 좋아하세요…》에서도 새로운 남자의 등장은 오랜 연인의 관계를 뒤바꿔놓습니다. 폴과 6년을 함께한 로제는 그다지 좋은 애인이 아닙니다. 그는 폴이 아닌 젊고 아름다운 여자들과 하룻밤의 즐거움을 누리는 걸 마다하지 않습니다. 연인이지만 실상은 짝사랑에 가까운 사이. 폴은 지쳐갑니다.

●　에리히 프롬, 《사랑의 기술》, 황문수 옮김, 문예출판사, 2019, 86쪽.

그러던 어느 날, 폴은 실내 장식을 의뢰한 미국 부인의 집을 방문했다가 그곳에서 시몽을 만나게 됩니다. 폴에게 한눈에 반해버린 시몽은 끊임없이 뜨거운 고백을 이어갑니다. 자신의 마음을 속일 줄 모르는, 순수한 시몽의 구애는 폴에게 불안감과 신선함을 동시에 가져다줍니다. 권태와 고독 속에 시들어가던 일상을 시몽이 바꿔놓은 거죠.

시몽이 같이 브람스 연주회에 가자고 하자 폴은 생각합니다. '내가 과연 브람스를 좋아하던가?' 자신이 무얼 좋아하고 싫어하는지조차 잊고 살아온 거죠.

시몽은 폴이 스스로의 마음을 돌보는 데 인색하던 걸 알아차리고, 행복해야 할 의무를 소홀히 했다며 그녀에게 '고독형'을 선고하죠. 폴은 무시무시한 선고라며 웃는데, 사실 고독형에 처해져 일상의 감옥에 갇혀 있던 그녀를 시몽이 흔들어 깨운 셈입니다.

하지만 이미 연인이 있는 데다가 열 살이 넘는 나이 차까지, 폴은 주변 사람들의 수군거림을 의식하게 됩니다. 게다가 마음 한구석에 여전히 로제에 대한 그리움이 남아 있었죠. 결국 다른 여자와의 일탈을 즐기고 돌아온 로제가 폴에게 재회의 손길을 건네자, 그녀는 시몽을 떠나보냅니다. 새로운 설렘보다는 익숙한 권태를 택한 거죠. 각자 다른 사람의 곁에 머물다가 제자리를 되찾은 연인은 행복할 수 있을까요?

슈만과 클라라 그리고 브람스

시몽이 하필 '브람스'를 좋아하느냐고 묻는 이유도 삼각관
계로 설명할 수 있습니다. 폴, 시몽, 로제 세 사람의 삼각관계는
브람스의 떠들썩하던 사랑 이야기를 떠올리게 합니다. 브람스에
대해 알면 이 소설을 더 깊게 이해할 수 있어요.

브람스는 열네 살 연상이던 클라라 슈만(Clara Schumann)을
평생 짝사랑했습니다. 마침 시몽과 폴도 열네 살 차이죠. 브람스
가 사랑한 클라라는 천재 피아니스트이자 작곡가였습니다. 그리
고 브람스의 스승이던 로베르트 슈만(Robert Schumann)과 결혼한
여자였죠. 브람스는 스무 살에 슈만 부부를 처음 만났습니다. 브
람스는 이후 남편을 잃은 클라라의 곁을 지켰지만 친구 이상의
선을 넘지는 않았다고 해요. 그녀가 세상을 떠난 이듬해 브람스
는 독신으로 생을 마감했습니다.

그러니까 시몽이 던진 "브람스를 좋아하세요"라는 질문은 단
순히 브람스가 작곡한 선율을 좋아하느냐는 물음이 아니에요.
이미 연인이 있는 당신의 곁을 내가 지켜도 되겠냐고 묻는 거죠.

사강은 이 책의 제목이 "물음표가 아니라 점 세 개로 이루어진 말줄임표로 끝나야 한다"고 강조했다고 하죠. 그 이유가 명확히 알려져 있지는 않아요. 곰곰이 생각하면 직설적인 질문을 표현하는 물음표보다 말줄임표의 여운이 깁니다. 세 개의 점이 마치 세 번의 노크 소리처럼 시몽의 수줍은 마음을 보여주는 것 같기도 하고, "브람스를 좋아하세요?" 물은 시몽의 말을 폴이 천천히 곱씹으며 잃어버린 자아에 대해 생각하는 것 같기도 하죠. 나, 브람스를 좋아하세요…

매력적인 작은 괴물, 사강

자유분방하게 뻗친 짧은 머리, 어딘가 고독해 보이는 눈동자, 재규어나 페라리의 스포츠카를 몰고 다니는 스피드광, 카지노와 위스키와 재즈를 사랑한 사고뭉치, 마약 중독과 파산에다 온갖 사건 기사에 등장하는 베스트셀러 작가……. 이 작품을 쓴 사강은 "매력적인 작은 괴물"이라 불렸습니다. 동료 작가인 프랑수아 모리아크(François Mauriac)가 붙여준 이 별명은 그녀의 작품뿐만 아니라 인생을 요약하고 있는 듯합니다.

데뷔부터 파격적이었죠. 그녀가 매력적인 소설을 써낸다는 사실은 일찌감치 증명됐습니다. 1935년 프랑스 남부의 작은 마을 카자르크에서 태어난 사강은 '학업 태만'을 이유로 수녀원 부속 기숙 학교에서 퇴학당하고, 소르본 대학교를 중퇴합니다. 이 문제아는 18세 때 장편 소설 《슬픔이여 안녕》을 발표하며 단숨에 세계적 베스트셀러 작가 자리에 오릅니다. 사강의 첫 책은 25개국에 번역됐고, 그는 5억 프랑(당시 약 3700억 원)의 인세를 손에 쥡니다.

그녀의 출세작은 큰 소동을 일으켰어요. 소설 속 10대 소녀인 세실이 자유로운 성생활을 즐기는 걸로 묘사됐거든요. 그녀의 쾌락은 작품에서 어떤 제재도 받지 않고, 아버지와 정사에 대해 얘기를 나누기까지 하죠. 바티칸에서는 "독과 같은 책을 젊은 이들로부터 멀리 떼어놓아야 한다"●라는 말마저 나옵니다.

사강은 작품 외적으로도 이슈를 몰고 다녔습니다. 어떤 자리든 마음이 내키지 않으면 도중에 박차고 나오는 성격에 자유로운 패션을 즐겼고, 유명 배우 브리지트 바르도(Brigitte Bardot)보다 먼저 프랑스 남부 생트로페에 근사한 별장을 마련했고, 스포츠카를 타고 다니며 스릴을 즐겼죠. 그의 라이프스타일을 흉내 내는 사람을 일컫는 신조어 '사가니스트'까지 생겨날 정도였어요.

● 프랑수아즈 사강, 《슬픔이여 안녕》, 김남주 옮김, 아르테, 2023, 167~168쪽.

왜 하필 브람스였을까 155

마약은 그녀의 삶에서 지워지지 않는 단어입니다. 자동차 전복 사고 이후 마약성 진통제로 인해 모르핀에 중독됐습니다. 두 번의 결혼과 두 번의 이혼을 거치며 신경 쇠약을 앓게 된 뒤 약물에 더욱 빠져들었죠. 50대에 마약 복용 혐의로 기소되자 "타인에게 피해를 주지 않는 한, 나는 나를 파괴할 권리가 있다"는 문제적 발언을 내놨습니다. 공동체를 유지하기 위한 사회 규범과 개인의 자유 사이에 팽팽한 긴장감을 상기시키는 말이라 큰 화제가 됩니다. 물론 '마약을 소비하는 건 수요를 창출해 관련 산업의 성장을 부추기는 일이고 결국 타인에게 위협이 될 수 있다'는 반론이 가능하지만요. 소설가 김영하는 사강의 말을 딴 제목의 《나는 나를 파괴할 권리가 있다》를 출간했습니다.

사강은 '작가라면 정치에 참여해야 한다'는 주장에 반대했지만, 프랑스의 지배에 대항한 알제리의 독립운동에는 적극적으로 지지하는 목소리를 냈습니다. 1960년에는 알제리전쟁에 반대하는 서명 운동에 참여하고, 드골 정권을 비판하는 글을 잡지에 실었다가 '반정부 사상을 가진 위험인물'로 정부의 감시 대상이 되기도 했습니다.

오래 앓은 심장병과 폐 질환으로 사강은 69세에 옹플뢰르에서 숨을 거둡니다. 그녀는 고향 카자르크, 영혼의 단짝 페기 로세(Peggy Roche) 곁에 묻혔습니다. 로세는 모델이자 스타일리스트로서 당대의 프랑스 패션계를 주름잡던 여자였는데, 사강과는 친구이면서 연인 같은 관계였다고 해요. 사강이 사망한 후에는 프랑스판 〈플레이보이〉의 전 편집자인 아니크 제유(Annick Geille)가 "나는 그녀의 연인이었다"며 사강, 로세, 제유 간 동성 삼각관계를 폭로해 화제가 됐습니다.

요동치는 삶을 산 사강은 그러나 누구보다 성실한 작가였습니다. 1954년 데뷔 이후 1998년까지 거의 1~2년에 한 번꼴로 책을 냈어요. 그가 마약 중독을 치료하며 쓴 《해독 일기》를 번역한 소설가 백수린은 그 사실을 되짚으며 옮긴이의 말에 이렇게 적었습니다. "소설가가 되어버렸기 때문에 나는 그것이 얼마나 경이로운 성실함인지를 이제는 안다. 그것이 얼마나 선언적인 사랑의 실천인지를."●

본명은 프랑수아즈 쿠아레. 마르셀 프루스트(Marcel Proust)의 소설 《잃어버린 시간을 찾아서》의 등장인물인 '사강'에서 필명을 따왔다고 합니다.

● 프랑수아즈 사강, 《해독 일기》, 백수린 옮김, 안온북스, 2023, 87쪽.

《롤리타》

블라디미르 나보코프

열두 살 소녀에게 반해
소녀의 엄마와 결혼한 남자

마흔을 앞둔 남자가 열두 살 소녀에게 '반했다'고 말합니다. 아이 옆에 머물겠다는 목적으로 남편을 잃은 소녀의 엄마와 결혼하고요. 엄마는 우연히 남자의 일기를 본 뒤 그 속셈을 알아차립니다. 피가 거꾸로 솟겠죠. 그녀는 격분해 집을 뛰쳐나갔다가 차에 치여 죽습니다. 그러자 남자는 의붓딸인 소녀를 연인처럼 대하며 함께 전국의 모텔을 떠돕니다. 이 얘기는 남자가 훗날 살인을 저지르면서 드러납니다.

현실에서 이런 일이 벌어진다면 우리는 수갑을 찬 이 남자의 얼굴을 신문에서 보게 될 겁니다. 사회면 혹은 1면에서요. 그러니 1955년 출간된 나보코프의 소설 《롤리타》를 고전이라 칭송

해도 되냐고 물을 수 있습니다. 《롤리타》는 성인 남자가 미성년 소녀를 사랑한다며 집착하는 내용이고, 소아 성애증을 뜻하는 말인 '롤리타 콤플렉스'가 여기서 나왔는데 이 책을 읽을 필요가 있는지 말이죠.

물론 유명한 책이라고 반드시 읽어야 할 이유는 없죠. 그러나 조금만 생각해보면 문학은 늘 금기를 다뤘어요. 금기를 깨며 고전의 반열에 오른 작품도 많고요. 단순하게 말하면 도스토엡스키의 《죄와 벌》은 살인범 얘기고, 톨스토이의 《안나 카레니나》는 불륜 얘기죠. 중요한 건 '이 충격적인 이야기를 통해 독자가 무엇을 느낄 수 있나'라는 질문일 겁니다.

2부에서 시작되는 진짜 이야기

"사랑에 빠진 게 죄는 아니잖아!" 어느 불륜 드라마에서 울부짖었듯이 주인공 험버트는 자신의 행위를 '사랑'으로 합리화합니다. 사랑해선 안 될 대상을 사랑해버린 남자의 고단한 인생으로 소설을 독해하는 사람도 있어요. 험버트는 어린 시절 첫사랑이 병으로 떠난 뒤 그 또래의 여자아이들에게 관심을 갖습니다. 그런 그의 눈에 돌로레스 헤이즈, '롤리타'라는 애칭으로 불리는 소녀가 들어오고 만 거죠.

반면 2부에서 소설의 진가가 드러난다고 보는 해석이 있습니다. 1부에서 험버트는 아름다운 언어로 자신의 욕망을 옹호합니다. 어찌나 유려한지 급기야 그에게 감정 이입을 하게 될 때도 있어요. 그의 진술 속에서 애정 행각에 더 적극적인 쪽은 롤리타입니다. 자신의 필요에 따라 험버트의 호감을 이용하기도 하고요. 독자는 신뢰할 수도 애정할 수도 없는 화자의 목소리를 따라 읽는, 독특하고 긴장감 있는 경험을 하게 됩니다.

2부에서는 다른 무대가 펼쳐집니다. 욕망의 대상이던 롤리타가 "더러운 생활"을 끝내고 평범한 일상으로 돌아가고 싶다고 자신의 목소리를 내면서 이 연극의 막은 내려갑니다. 탈출에 성공한 롤리타는 다른 남자와 결혼해요. 험버트로 인해 교육의 기회조차 뺏긴 롤리타. 그녀는 가난에 시달리던 중에 아이를 낳다 세상을 떠납니다. 롤리타를 "어리지만 발칙한 것" 취급하던 험버트는 그제야 그녀에게 "더러운 정욕의 상처"를 입혔다고 인정합니다.

저자 나보코프도 작품이 나오면 따가운 눈총을 받을 걸 익히 짐작했습니다. 험버트를 무작정 옹호한다는 오해 역시 피하고 싶었을 거고요.

그는 소설을 본격적으로 시작하기에 앞서 가짜 해설서를 붙여놓았습니다. 롤리타의 이름을 되뇌는, 한 번 읽으면 잊을 수 없는 구절로 널리 알려진 소설 도입부는 사실 첫 문장이 아닙니다.

가짜 해설서는 험버트가 감옥에서 죽기 전 '롤리타'라는 제목의 고백록을 자신에게 맡겼다는 정신분석학자 존 레이 주니어 박사의 글입니다. 허구의 인물인 박사는 나보코프를 대신해 불쾌하다는 말은 독특하다는 말과 같은 뜻일 때도 있고, 위대한 예술 작품은 그 독특함으로 우리에게 충격을 준다고 말하곤 서둘러 덧붙입니다. 험버트가 잔인하고 야비하다는 데는 반론의 여지가 없다고요.

소설의 끝부분에서 험버트는 자신과 꼭 닮은 소아성애자인 극작가 퀼티를 죽입니다. 그리고 그 죄로 독방에 갇혀 죽어갑니다.

나보코프는 식물원 쇠창살에 갇힌 유인원을 보고 이 소설을 구상했다고 밝힌 적이 있죠. 그의 눈에 비친 유인원은 롤리타일까요, 험버트일까요.

"나의 롤리타." 험버트의 마지막 말은 사랑과 폭력의 차이에 대한 오랜 질문을 던집니다. 롤리타의 서류상 이름은 돌로레스. 에스파냐어로 '고통'이라는 뜻입니다.

외설과 예술 사이

《롤리타》는 외설일까요, 예술일까요. 1955년 파리에서 출간된 이후, 유럽과 미국 법원은 판매 금지 조치를 통해 일찍이 이 책을 외설로 못 박았습니다. 《롤리타》는 소아성애자의 망상을 다룬 포르노그래피일 뿐이니 널리 읽을 필요가 없다고 본 거죠. 하지만 소송 끝에 1958년 미국에서 다시 발간돼 베스트셀러가 됐습니다. 1962년에는 스탠리 큐브릭(Stanley Kubrick) 감독이 영화로 만들기도 했어요.

사실 어떤 소설을 두고 외설이냐, 예술이냐 심문하는 건 한국 사회에서도 벌어진 소동이죠. 소설가 마광수의 《즐거운 사라》, 장정일의 《내게 거짓말을 해봐》 등은 성을 파격적으로 다뤄 논란을 불러일으켰습니다. 이런 논란이 벌어진 1990년대까지만 해도, 한국 사회는 작가를 처벌하고 소설책을 금서로 지정하는 식으로 대응했습니다. 옳고 그름을 토론하는 대신에 침묵하도록 강요한 거죠. 이후 표현의 자유를 주장하는 목소리가 커지면서 이런 '필화 사건'은 점차 자취를 감췄습니다.

하지만 성에 대한 논의, 그중에서도 미성년자를 성적 대상으로 바라보는 소아 성애, 미성년자의 성적 자기 결정권 문제라면 얘기가 달라집니다. 의사 표현을 명확히 할 수 없는 미성년자를 대상으로 한 성애는 착취 혹은 폭력이 아닌지, 미성년자를 성인과 마찬가지로 독립한 성적 주체로 볼 것인지, 그렇다면 투표권 등 법적으로 미성년자의 권리와 의무를 제한한 모든 분야를 손볼 것인지 등 답 없는 논쟁거리가 꼬리를 물고 이어지죠.《롤리타》를 둘러싼 논란이 비교적 최근까지 반복된 이유입니다.

아이유의 〈제제〉 뮤직비디오가 그랬듯, 요즘도 10대 아이돌이 '어리고 연약한 그러나 관능적인' 이미지를 내세울 때마다 《롤리타》가 소환됩니다. '롤리타 콤플렉스'라는 단어가 살아 있는 한 이 소설은 계속해서 문제작으로 언급될 겁니다.《롤리타》를 무시할 수 없는 이유죠.

나비를 쫓던 망명 작가

나보코프를 《롤리타》의 작가로만 설명하는 건 부족합니다. 살기 위해 러시아를 떠나야 했으나 오늘날 러시아가 자랑하는 작가이고, 망명을 떠나서도 러시아 문학을 가르친 학자였으며, 일생 나비를 사랑한 남자이기도 했죠.

나보코프는 1899년 러시아 상트페테르부르크의 귀족 명문가에서 태어났어요. 그의 아버지는 법학자이자 정치가, 기자였습니다. 1917년 볼셰비키혁명으로 세계 최초의 공산주의 정권이 수립되자, 제헌의회 의원이던 아버지는 자유를 찾아 1919년 가족들을 데리고 러시아를 떠납니다. 이들은 영국을 거쳐 독일 베를린으로 이주했어요. 그러나 그곳에서 1922년 나보코프의 아버지는 총에 맞아 암살당하고 맙니다. 이후 가족들은 프라하, 파리 등지로 뿔뿔이 흩어집니다.

어린 시절부터 영어 교육을 받고 틈틈이 시를 쓰던 나보코프는 케임브리지 대학교에 진학합니다. 이때는 문학에 대한 열정을 불태우지 않은 것 같아요. 훗날 그는 "케임브리지에서 3년을 보내는 동안 나는 한 번도, 반복해 말하지만 단 한 번도 대학 도서관에 가본 적이 없었다. 심지어 그 위치를 알아본 적도 없었다"[•]고 털어놨습니다. 강의를 자주 빼먹고 연애를 즐겼어요.

그는 케임브리지 대학을 졸업한 뒤, 베를린과 파리에서의 망명 생활을 거쳐 미국에 정착합니다. 이 기간에 러시아어와 영어로 소설, 희곡, 시, 번역서를 내며 활발한 활동을 펼칩니다. 한동안 러시아어로 작품을 발표했기 때문에 러시아 문학사에서도 중요한 위치를 차지하죠. 2014년 소치동계올림픽 개회식에서 러시아를 대표하는 작가로 도스토옙스키, 톨스토이, 체호프, 알렉산

[•] 블라디미르 나보코프, 《말하라, 기억이여》, 오정미 옮김, 플래닛, 2007, 327쪽.

드르 푸시킨(Aleksandr Pushkin)과 나란히 등장했을 정도입니다. 나보코프가 자유를 찾아 조국을 등져야 했던 걸 생각하면 아이러니한 일이지만요.

나보코프의 작품들은 섬세하고 아름다운 문장으로 유명합니다. 코넬 대학교에서 러시아 문학 교수로 재직한 그는 자전 소설《프닌》을 비롯해《서배스천 나이트의 진짜 인생》《창백한 불꽃》 등을 출간했습니다.《롤리타》를 내놓으며 세간의 주목을 받는 작가가 됐죠.

그의 저서《나보코프의 러시아 문학 강의》는 미국 대학에서 강의하기 위해 준비한 강의록을 사후에 출판한 것인데 톨스토이, 체호프 등에 대한 나보코프의 평가에서 그의 문학관이 엿보입니다. 그는 "러시아 소설에서 러시아의 정신이 아니라 천재 개개인을 찾으려 노력하자. 그리고 거작을 둘러싼 틀이나 틀을 바라보는 사람들의 표정이 아니라 거작 자체를 보자"●고 강조하고 "훌륭한 독자는 보편적 관념보다는 개별적 상상을 좋아한다"고 말하는데, 자신의 작품을 읽을 때 독자가 이런 태도를 취해주기를 기대했다고도 볼 수 있습니다.

● 블라디미르 나보코프,《나보코프의 러시아 문학 강의》, 이혜승 옮김, 을유문화사, 2022, 44~45쪽.

3부 금기에 도전하는 고전

나보코프는 평생 나비를 찾아다녔습니다. 나비를 워낙 좋아해 채집을 위해 여행을 떠났고, 나비에 대한 논문을 여러 편 발표합니다. 그는 자서전《말하라, 기억이여》에 아예 '나비들'이라는 장을 하나 마련해두고 나비에 대한 열망을 풀어놓습니다. 여기서 어린 시절 나비에 처음 사로잡힌 기억도 들려줍니다. 호랑나비가 우연히 장롱 속으로 들어갔는데, 밤새 가정용 나프탈렌의 고약한 냄새에 죽어버렸을 줄 알았던 나비가 다음 날 아침 장롱 문을 열었을 때 힘차게 창문 밖으로 날아가는 모습을 목격한 거죠. 눈부신 연노랑 날개에 검은 꼬리, 주홍색 눈 모양 반점을 지닌 나비를 회상하며 나보코프는 "내가 느꼈던 욕망이란 경험해본 적이 없을 만큼 강렬한 것이었다"•고 말합니다.

나보코프는 1960년 미국을 떠나 스위스로 이주했고, 1977년 스위스의 휴양 도시 몽트뢰에서 사망했습니다. 그가 세상을 떠난 건 나비를 채집하다가 산비탈에서 굴러떨어진 이후 병을 얻었기 때문이라고 전해집니다.

• 《말하라, 기억이여》, 148쪽.

《호밀밭의 파수꾼》

제롬 데이비드 샐린저

존 레넌 살해범까지
읽었다

청소년 추천 도선지, 19금 도선지 모르겠어요. 1951년 출간된 제롬 데이비드 샐린저(Jerome David Salinger)의 소설 《호밀밭의 파수꾼》에서 열여섯 살인 주인공 홀든 콜필드는 숨 쉬듯 욕을 뱉습니다. 한 페이지 안에서도 '빌어먹을' '젠장' 같은 욕설과 비속어가 수시로 출몰합니다. 'F로 시작하는 욕'이 책에 활자로 찍혀 있으면 지금도 움찔하게 되는데, 출간 당시엔 오죽했을까요. 미국 뉴욕의 유명 출판사 하코트브레이스앤드컴퍼니 부사장은 원고를 받아본 뒤 "홀든 콜필드라는 놈, 미친 거 아냐?"라며 질색했고, 출판 계약은 무산됩니다. 우여곡절 끝에 리틀브라운앤드컴퍼니에서 출간한 이 책의 운명은 아시는 대로입니다. 영문학사에 길이 남을 베스트셀러가 됐죠. 요즘도 미국에서 매년 30만 부 넘게 판매되고, 지금까지 전 세계적으로 7000만 부 이상 팔렸습니다.

때로 저속한 단어로만 간신히 표현할 수 있는 감정들이 있습니다. 반항심 가득한 10대의 입에서 바르고 고운 말만 나오길 기대하기는 힘듭니다. 사춘기. 한자 그대로 풀이하면 '봄을 생각하는 시기'라는 뜻이죠. 식물이 언 땅을 깨고 새싹을 틔우려 진통을 겪듯이, 인간도 청춘을 꽃피우느라 애씁니다.

《호밀밭의 파수꾼》은 '사춘기계의 고전'이면서도 각 학교 도서관마다 '금서'로 지정해달라는 민원이 쏟아진 책입니다. 동서고금의 문학 작품 속에서 사춘기를 가장 요란하게 보낸 청소년을 꼽자면 단연 홀든일 거예요. '익히 아는 사춘기의 투정이 뭐 대단한 소설이 될까?' 홀든만큼이나 삐딱한 당신, 이 책의 결말도 아시나요?

꼰대 감별사 홀든

소설은 간단히 말해 명문 기숙 학교에서 쫓겨난 홀든이 3일간 뉴욕을 떠도는 내용입니다. 말이 퇴학이지 학교의 경고를 여러 번 받고도 기어이 낙제했으니, 홀든이 학교를 거부했다고 봐야겠죠. 그는 성적도 나쁘고 교사나 친구들과의 관계도 원만하지 않습니다. 학교를 벗어나 매춘부를 만나고 술집을 드나들며 방황하죠. 그러나 자신에게 무조건적 믿음과 애정을 주는 여동생 피비 앞에서는 조금 다른 사람이 됩니다. 홀든은 내내 인간혐오론자처럼 투덜대지만 사실은 피비를 비롯한 인간의 순수한 마음을 열망합니다. 그가 싫어하는 건 어른들의 허위와 속물근성이죠.

내가 아직 청춘인지, 어른이 돼버렸는지 궁금할 때는 《호밀밭의 파수꾼》을 읽어보라는 말이 있어요. 지금도 이 반항아에게 감정 이입할 수 있다면 당신은 질풍노도의 시기를 보내는 중일 테고, '이 녀석아, 이제 그만하고 학교로 돌아가' 하는 마음이 든다면 어느덧 '꼰대'가 되고 말았는지도 모릅니다.

어느 쪽에 해당하든 책의 결말을 알고 나면 홀든이 애틋해집니다. 소설 끝부분에서 홀든은 집에 돌아갑니다. 피비가 그와 함께 집을 떠나겠다고 가방을 싸 들고 왔기 때문입니다. 가출을 이어가기 위해 2달러만 달라고 했더니 자기가 가진 8달러 85센트를 전부 내어준 동생. 어린아이들은 터무니없이 큰 사랑을 턱턱 줄 때가 있단 말이죠. 홀든은 자신을 따라나서려는 피비를 보고 소스라치게 놀라 집으로 향합니다. 나보다 약한 존재를 지키기 위해 자기 것을 포기하는 사람, 그런 사람을 우리는 꼰대가 아닌 진짜 어른이라고 부르죠. 설령 그가 단념하는 게 사춘기의 치기라고 할지라도 말입니다. 진짜 어른이 된 홀든이 정신과 병원에 입원해 자신의 방황을 회상하면서 소설은 마무리됩니다.

《호밀밭의 파수꾼》이라는 제목은 홀든의 꿈에서 따왔습니다. 홀든은 꿈속의 호밀밭에서 노는 꼬마들을 지켜주는 존재가 되고 싶다고 말합니다. 절벽 가장자리에 서 있다가 꼬마들이 그 아래로 떨어지려 하면 붙잡아주고 싶다고, 그게 자신이 되고 싶은 유일한 것이라고요. 이 대목을 읽고 나면 홀든이라는 이름도 예사로 보이지 않습니다. 영어로 쓰면 'Holden'. '붙잡다'를 의미하는 'hold'의 과거 분사형으로 '잡힌' '붙들린'이란 뜻입니다. 엄격하고 답답한 기숙 학교에 붙잡혀 있다는 의미, 그리고 동심의 파수꾼이 되고 싶은 마음을 모두 담고 있는 듯합니다.

홀든이 꿈꾸는 '호밀밭의 파수꾼'은 진정한 어른, 선(善)과 정의라는 선(線)을 지키는 이상적인 사회 등으로 풀이됩니다. 혹은 문학 그 자체라고 볼 수도 있죠. 문학평론가 정여울은 저서 《문학이 필요한 시간》에 "문학은 항상 변함없이 그 자리에서 비틀거리는 우리를 붙잡아주는 호밀밭의 파수꾼"이라며 "내가 절벽 위에서 뛰어내리고 싶을 때마다 문학은 내 어깨를 버텨주고 내 이마를 짚어주고 내 손을 잡아주었다"고 썼습니다.●

대통령 암살범이 즐겨 읽은 소설

이 복잡미묘한 반항아는 국내외의 청춘들에게 사랑받아왔습니다. 일본에서는 소설가 무라카미 하루키가 이 작품을 번역해 화제가 됐죠.

살인자들이 유난히 좋아하는 책이라는 불명예스러운 기록도 있습니다. 1980년 비틀즈 멤버인 존 레넌(John Lennon)을 총으로 쏜 살해범의 손에는 《호밀밭의 파수꾼》이 들려 있었습니다. 그는 체포 직후 모든 사람이 《호밀밭의 파수꾼》을 읽어야 한다며, 자신이 살인을 저지른 이유도 이 소설에서 찾을 수 있다고 주장합니다. 이듬해 미국의 로널드 레이건(Ronald Reagan) 대통령을 겨냥한 암살 시도가 있었는데 그 범인도 동기로 이 책을 꼽았습니다. 존 F. 케네디(John F. Kennedy) 대통령의 저격범 또한 이 소설에 심취해 있었다고 전해집니다. 사고뭉치 반항아 홀든을 자신과 동일시한 겁니다.

홀든에게는 억울한 일입니다. 살인자들이 홀든을 그저 탈선과 반발의 상징으로만 봤다면 그를 오독한 겁니다. 홀든은 세상의 경계에서 자신보다 약한 존재들을 지키는 '파수꾼'이기를 꿈

● 정여울, 《문학이 필요한 시간》, 한겨레출판, 2023, 75쪽.

꾸니까요. 그건 어른과 아이의 경계, 사춘기에 있는 홀든이기에 가능한 꿈입니다. 소설에서 홀든이 어른이라고 여기는, 방황하는 순간에 찾아간 엔톨리니 선생은 홀든에게 말합니다. 지금 네가 방황하듯 누군가도 과거에 방황했으며, 어쩌면 네가 나중에 방황하는 이들에게 뭔가를 전해줄 수도 있을 거라고, 그게 역사이고 시라고요. 그러니까 자신의 괴로움을 핑계로 다른 이의 목숨을 빼앗은 자들에게 홀든이라는 이름은 과분하지요.

은둔의 베스트셀러 작가

1999년 샐린저가 쓴 연애편지 열네 통이 뉴욕의 소더비 경매장에 등장했습니다. 그의 옛 연인이 생계를 위해 자신이 받은 편지들을 팔아버린 건데, 다른 작가가 아닌 샐린저의 편지라서 큰 화제가 됩니다. 인생의 3분의 2가량을 숨어 지낸 '은둔의 작가'의 사생활을 들여다볼 수 있는 자료니까요. 이 편지 뭉치는 한 기업인이 무려 15만 6500달러(당시 약 1억 9000만 원)에 사들입니다. 경매나 낙찰가보다 더욱 화제이던 소식은 낙찰자가 이 편지들을 샐린저에게 돌려주겠다고 밝힌 것이었습니다. 세상의 눈을 피해 살아온 그의 뜻을 존중한 거죠.*

샐린저가 처음부터 은둔자로 산 건 아니었어요. 그는 1919년 미국의 유대계 중산층 가정에서 태어났습니다. 맨해튼 맥버니 학교에서 성적이 나빠 퇴학당했다가 기숙형 사관 학교를 졸업하고(홀든이 떠오르는 대목이죠) 뉴욕 대학교와 컬럼비아 대학교 등에서 문예 창작 수업을 받습니다. 그러다가 제2차 세계대전이 터지자 입대해 노르망디 상륙작전에 참여합니다. 치열하고 참혹한 전투 속에서, 샐린저는 글쓰기를 통해 죽음의 공포를 이겨내려 했죠. 전장에서도 소설과 시를 씁니다. 무수한 습작과 수백 번의 수정을 통해 작품을 완성한 그는 "문학은 곧 기도"라고 말했습니다.

1951년 발표한 첫 장편 소설 《호밀밭의 파수꾼》으로 샐린저는 곧장 스타 작가가 됩니다. 그런데 그는 사람들이 자꾸 찾아오는 게 싫다며 시골 마을에 틀어박힙니다. 외부와 연락도 끊었죠. 영화감독 엘리아 카잔(Elia Kazan)이 이 작품을 영화로 만들고 싶어 샐린저를 찾아갔을 때 "홀든이 싫어할 것"이라며 거절한 일화는 유명합니다. 그가 사람들과의 접촉을 극도로 꺼린 건 참전 당시의 충격으로 인한 외상 후 스트레스 증후군이라는 분석도 있습니다.

● 연합뉴스(1999. 06. 23).

샐린저는 영화 〈꿈의 구장〉 〈파인딩 포레스터〉에 등장하는, '한 권의 베스트셀러를 쓰고 평생 잠적한 소설가' 캐릭터의 모티프가 됐습니다. 그는 일생을 사람들의 시선으로부터 도망쳤는데, 그의 아들 맷 샐린저(Matt Salinger)는 1990년 개봉한 영화 〈캡틴 아메리카〉 주인공을 맡는 등 사람들의 관심으로 먹고사는 배우라는 사실은 아이러니합니다.

자꾸 숨어서 더 호기심을 자극한 걸까요. 아예 샐린저를 다룬 영화도 적지 않아요. 2018년 개봉한 영화 〈호밀밭의 반항아〉는 그가 《호밀밭의 파수꾼》을 쓰기까지의 과정을 그립니다. 그 이듬해인 2019년에는 샐린저 탄생 100주년을 맞아 그의 삶에 대한 다큐멘터리 영화 〈샐린저〉가 공개됐습니다.

그가 얼마나 유난한 작가인지 단적으로 보여주는 장면이 있죠. 민음사 세계문학전집 중 표지 그림이 없는 책은 《호밀밭의 파수꾼》이 유일합니다. 2001년 처음 출간됐을 때만 해도 전집에 포함된 다른 책들처럼 표지 그림이 있었는데, 샐린저의 요청에 따라 수정됐습니다.

저자 사진도 없어요. 1951년 책의 초판을 출간한 당시, 겉표지 뒷면에 샐린저의 사진을 넣었다가 그의 항의를 받고 2쇄부터 뺐다고 합니다. 참고로 앞의 세계문학전집 중 저자 사진이 없는 건 19세기 이후 기준으로 딱 두 권, 샐린저의 《호밀밭의 파수꾼》과 토머스 핀천(Thomas Pynchon)의《제49호 품목의 경매》뿐입니다. 핀천도 샐린저처럼 '은둔형'이었죠. 언론에 노출되는 것을 너무 싫어해 젊은 시절 사진만 겨우 전해질 정도예요. 두 작가 모두 자신을 드러내길 극도로 꺼리다 보니 한때《호밀밭의 파수꾼》은 핀천이 샐린저라는 필명으로 쓴 소설이라는 소문까지 있었습니다.

샐린저의 일생을 다룬 책은 많지 않아요. 그의 생전에 랜덤하우스 출판사가 전기를 냈다가 법정에 끌려갔죠. 샐린저는 저작권 및 사생활 보호를 이유로 이 책에서 인용한 개인적 편지, 신상 정보, 본인 관련 인터뷰 기록을 삭제할 것을 요구했습니다. 《샐린저 평전》이 그가 세상을 떠난 뒤인 2010년에야 출간된 배경입니다. 우리나라에는 2014년에 번역돼 나왔습니다.

4부

한 문장으로 기억되는 고전

표지조차 본 적 없어도 작품 속 문장은 아는 고전이 있습니다.
단 한 문장이 '내 인생의 책'을 찾아줄지도 몰라요.

《데미안》

헤르만 헤세

청소년에게만 권하기엔
아까운 청소년 필독서

"젊음은 젊은이에게 주기엔 너무 아깝다." 영국의 극작가 조지 버나드 쇼(George Bernard Shaw)의 말이죠. 젊은이들은 젊음을 누리면서도 그 가치를 모르고, 늙은 뒤에야 깨닫는다는 의미입니다.

헤르만 헤세(Hermann Hesse)의 소설 《데미안》(전영애 옮김, 민음사, 2009)은 청소년에게만 권하기엔 너무 아까운 청소년 필독서입니다. 청소년 추천 도서 목록에서 빠지지 않는 성장 소설이지만 "어른이 되어 읽었을 때 이 작품의 진정한 의미를 깨달았다"고 말하는 사람들이 많습니다.

1919년 펴낸 이 소설은 독일의 대문호 헤세의 대표작입니다. "새는 알에서 나오기 위해 투쟁한다"는 소설 속 문장은 책을 안 읽은 분들도 한 번쯤 들어봤을 정도로 유명합니다.

알은 새의 세계이다

소설의 주인공인 싱클레어가 소년 시절을 회상하면서 이야기가 시작됩니다. "내 이야기를 하려면 훨씬 앞에서부터 시작해야 한다. 할 수만 있다면 훨씬 더 이전 내 유년의 맨 처음까지, 또 아득한 나의 근원까지 거슬러 올라가야 하리라."(9쪽)

신실하고 유복한 가정에서 자란 싱클레어는 사랑과 엄격함, 모범과 학교, 온화함, 용서와 선한 원칙이 속한 세계에서 지냈습니다. 자라면서 그는 점차 다른 세계, 낯설고 위험하며, 잔인하고 폭력적인 세계가 있다는 걸 알게 됩니다. 이때부터 싱클레어의 성장통이 시작되는 거죠. 언제까지나 안온한 유년 시절, 가정의 품에 머물 수는 없는 노릇이니까요.

어느 날 싱클레어는 라틴어 학교 친구들 사이에서 돋보이고 싶다는 욕심에, 자신이 도둑질을 해냈다고 거짓말을 합니다. 도둑질이 무슨 자랑이냐 싶지만 어린 시절에는 한 번쯤 황당한 허세를 떨어보기 마련이잖아요. 빛의 세계보다 어둠의 세계를 선망하기도 하고요.

이 사소한 거짓말이 싱클레어의 목을 졸라옵니다. 불량한 크로머는 싱클레어가 도둑질한 사실을 고발하겠다고 협박하며 수시로 돈을 뜯어냅니다. 크로머가 휘파람을 불면 그 소리를 신호 삼아 돈을 가져다주기로 했는데, 싱클레어는 어디서나 휘파람 소리가 들리는 환청에 시달립니다. 이러지도 저러지도 못하는 꼴이에요. 거짓 허풍을 떤 것이라고 털어놓을 수도, 그렇다고 억울하게 도둑이 될 수도 없습니다. 심지어 크로머는 싱클레어의 누나를 자기 앞에 데려오라는 주문까지 합니다. 마음이 시달리니 몸도 병이 납니다. 싱클레어는 자주 토하고 오한에 시달려요.

이때 학교에 전학 온 데미안이 싱클레어를 구해줍니다. 대체 무슨 방법을 썼는지는 몰라도, 크로머가 싱클레어를 괴롭히고 있다는 걸 데미안이 안 후로 크로머는 더 이상 휘파람을 불어대지 않아요. 싱클레어는 신비롭고 어른스러운 데미안을 동경하는데, 데미안은 '성경 속 아벨을 죽인 카인이 이마에 표적을 받은 건 벌이 아니라 우월함의 징표'라고 주장하며 싱클레어가 믿던 선과 악의 개념, 경계를 뒤흔들어놓습니다.

시간이 흘러 낯선 도시로 전학 간 싱클레어는 술집을 드나들며 방탕하게 지냅니다. 그가 방황을 접은 건 베아트리체라는 소녀를 만나면서부터입니다. 진짜 이름은 몰라요. 《신곡》 속 단테의 영혼을 구하는 베아트리체를 떠올리며 혼자 붙인 별명입니다. 그는 베아트리체와 말 한마디 제대로 나눠본 적 없지만, 소녀의 영향으로 마음을 다잡습니다. 그녀의 초상화를 그려보기도 하는데, 그 초상화는 볼수록 어쩐지 데미안을 닮은 것 같습니다.

싱클레어는 끊임없이 자신의 영혼을 기댈 사람을 찾아 헤맵니다. 데미안에 이어 데미안의 어머니를 마음속 지침으로 삼죠. 어느 날 데미안과 재회한 싱클레어는 데미안의 집에 갔다가 그의 어머니 에바 부인에게 사랑을 느끼고 의지합니다. 그러던 중 제1차 세계대전이 터지고, 전장에서 부상을 입은 채 침대에 누워 있는 싱클레어에게 데미안은 '너 자신의 목소리에 귀 기울이라'고 당부하고는 사라집니다. 자기의 영혼을 보살필 수 있는 사람은 다름 아닌 스스로라는 이야기를 남긴 겁니다. 이때 데미안이 싱클레어에게 입을 맞추는 장면 때문에 이 소설을 동성애 이야기로 해석하기도 합니다.

다양한 성경 속 상징, 신화 등이 뒤섞인 소설을 청소년기에 읽어내기란 쉽지 않습니다. 그러나 "한 사람 한 사람의 삶은 자기 자신에게로 이르는 길"이라는 도입부의 문장은 이 책이 청소년 필독서인 이유를 수긍하게 합니다. 어느 때보다 자기 자신에게로 이르는 길을 치열하게 탐색할 시기니까요.

4부 한 문장으로 기억되는 고전

데미안을 둘러싼 미스터리

청소년기 이후에도 곱씹을수록 생각할 거리가 많은 소설입니다. 대표적인 게 바로 '싱클레어가 방황할 때마다 그를 구원해주는 데미안이 실존 인물인가'를 둘러싼 궁금증입니다.

이 질문에 어떻게 답하느냐에 따라 전혀 다른 소설이 됩니다. 먼저 작품에서 묘사한 대로 데미안을 싱클레어의 친구, 독립된 인물로 읽는 방법이 있습니다. 그러면 이 소설은 우정에 기댄 성장을 그려낸 작품이죠. 두 번째 방법은 데미안이 곧 싱클레어라고 가정하는 겁니다. 데미안은 마치 싱클레어의 또 다른 자아이고, 성숙의 과정을 상징하는 듯하니까요. 이렇게 되면 데미안은 싱클레어가 품고 있던 성장 가능성, 잠재력으로 보입니다.

《데미안》의 결말은 후자의 해석에 힘을 실어줍니다. "이따금 열쇠를 찾아내 완전히 나 자신 속으로 내려가면, 어두운 거울 속에 운명의 영상들이 잠들어 있는 곳으로 내려가면 그곳에서 나는 그 검은 거울 위로 몸을 숙이기만 하면 되었다. 그러면 나 자신의 모습이 보였다. 이제 그와 완전히 닮아 있었다. 그와, 나의 친구이자 인도자인 그와."(219쪽) 이렇게 싱클레어가 데미안과 자신을 동일시하는 대목에서 소설은 끝납니다.

《데미안》 속 또 하나의 미스터리는 '아브락사스'의 의미입니다. 싱클레어는 어느 날 책에 꽂혀 있는 쪽지를 발견하는데, 여기서 그 유명한 구절이 등장합니다. "알은 세계이다. 태어나려는 자는 하나의 세계를 깨뜨려야 한다. 새는 신에게로 날아간다. 신의 이름은 아브락사스."(122쪽) 싱클레어는 이게 데미안이 보낸 편지라고 생각하고 참과 거짓, 선과 악, 빛과 어둠 등 양극단을 포괄하는 신이자 악마, 또한 악마이자 신인 아브락사스 이야기에 사로잡힙니다. 빛의 세계(가정, 신앙, 학교)에서 벗어나 어둠의 세계(크로머, 성적 유혹, 전쟁)를 겪으며 탐구하던 싱클레어에게 아브락사스는 또 다른 과제였을 거예요. 이분법으로 설명할 수 없는 제3의 존재니까요.

이분법의 세계에서 알을 깨고 나온 이야기는 언제 읽어도 매력적이죠. 선과 악, 어른과 아이, 남자와 여자……. 세상이 만들어놓은 틀이 아니라 세상에 대한 자신의 해석과 판단에 귀 기울여야 한다는 《데미안》의 메시지는 어른도 성장의 의미를 탐구하게 만듭니다.

시인이 아니라면 아무것도 되지 않겠다

헤세는 인간 내부에 존재하는 양면성, 청춘의 고뇌에 대해 오래도록 고민했습니다. 성장 배경의 영향이 큽니다. 1877년 독일 남부 뷔르템베르크주 칼프의 신학자 집안에서 태어난 헤세는 철학·종교·정의에 대해 끊임없이 탐색했고, 그 과정이 작품들에 담겨 있습니다.

성직자가 될 뻔도 했습니다. 헤세는 열네 살 무렵 수도원 학교에 입학했다가 일곱 달 만에 도망칩니다. 이 무렵 그는 '시인이 아니라면 아무것도 되지 않겠다'고 결심한 상태였어요. 한때 시계 공장 수습공과 서점의 점원으로 일했고, 15세에 자살을 기도해 정신병원에 입원하는 등 청소년기의 성장통을 앓습니다. 20대 초부터 《수레바퀴 아래서》 등을 써내며 본격적으로 작품 활동을 시작합니다.

제1차 세계대전에 자원했지만 나쁜 시력 탓에 입대하지 못했어요. 이런 이력 때문에 오해하기 쉽지만 헤세는 전쟁을 지지하지 않았으며 오히려 그 반대에 가까웠습니다. 그는 전쟁 포로를 위한 신문을 발간하고 전쟁을 비판하는 논지의 정치적 논문, 호소문, 서한을 발표합니다. 조국 독일이 나치즘 광풍에 휩싸였을 때는 히틀러를 공개 비판해 자국민의 미움을 샀습니다. 출간된 책은 압수당하고 더 이상 인쇄하지 못합니다. 독일에서 그의 작품을 다시 출간한 건 전쟁이 끝난 1946년부터였습니다.

헤르만 헤세.

이 무렵 헤세는 아버지를 잃고, 아내와 아들은 심하게 아파 삶이 휘청이는 경험을 합니다. 신경 쇠약이 발병한 그는 카를 융(Carl Jung)의 제자인 요제프 랑(Josef Lang)에게 60회가 넘는 상담 치료를 받으며 이 시절을 견뎌냅니다. 그림 치료 과정에서 자신의 꿈속 형상들을 묘사하죠. 《데미안》 속 싱클레어가 환상에 사로잡혀 그림을 그리듯이 말이에요. 오늘날 융 심리학을 통해 《데미안》을 독해하려 시도하는 건 우연이 아닙니다.

헤세는 혹독한 시간 속에서 《데미안》을 써냈습니다. 제1차 세계대전 중인 1916년에 이 책을 집필해 전쟁이 끝난 직후인 1919년에 출간합니다. 당시 그는 이미 유명한 작가였는데, 작품 자체로만 평가받고 싶어 처음에는 '에밀 싱클레어'라는 가명으로 발표했습니다. '에밀 싱클레어'가 독일의 권위 있는 문학상인 폰타네상의 수상자로 지명받는 해프닝도 벌어집니다.

1946년 헤세는 노벨 문학상과 괴테상을 동시에 수상하는 영광을 누립니다. 《데미안》 외에도 《싯다르타》《나르치스와 골드문트》《유리알 유희》 등 다수의 소설과 여행기 《인도에서》, 산문집 《그리움이 나를 밀고 간다》 등을 남겼습니다.

《바람과 함께 사라지다》

마거릿 미첼

첫 문장은 몰라도
마지막 문장은 누구나 안다

실존하는 사람만큼이나 유명한 소설 속 인물들이 있습니다. 누군가가 '돈키호테'로 불린다면, 우리는 그가 현실보다는 꿈속에서 산다는 걸 짐작할 수 있죠. '햄릿형 인간'은 "죽느냐 사느냐 그것이 문제로다"와 같이 고민이 깊어 결단하지 못하는 사람을 가리키고요.

스칼렛 오하라는 '오만방자하지만 거부할 수 없는 매력을 지닌 미녀'의 대명사입니다. 그녀는 미국 소설가 마거릿 미첼 (Margaret Mitchell)의 작품 《바람과 함께 사라지다》(안정효 옮김, 열린책들, 2010)의 주인공이에요. 1957년 개봉한 동명의 영화에서 배우 비비언 리(Vivien Leigh)가 스칼렛 역할을 맡아 큰 인기를 끌었죠.

요즘도 스칼렛은 통통 튀는 여주인공의 모델이 됩니다. 병자호란을 다룬 드라마 〈연인〉 속 당찬 성격의 여주인공을 언론은 "조선의 스칼렛 오하라"로 평가했어요. 조선 시대를 배경으로 한 사극에 스칼렛 오하라라니. 그만큼 이 캐릭터가 유명하다는 의미일 겁니다. 각본을 쓴 황진영 작가가 직접 《바람과 함께 사라지다》에서 영감을 얻었다고 밝히기도 했습니다.

그런데 최근 미국에서 이 책의 첫 장에 이런 경고문이 들어갔습니다. "이 작품에는 인종 차별적 내용이 포함돼 있습니다." 작품이 흑인을 부정적으로 묘사하고, 미국 남북전쟁 당시 흑인 노예 해방을 반대한 남부연합군을 일방적으로 두둔한다는 거죠.

한쪽에서는 더 이상 읽어서는 안 되는 작품이라고 비판하는데, 또 한쪽에서는 이 작품이 잊혀질까 두려워합니다. OTT에서 인종 차별을 이유로 영화 〈바람과 함께 사라지다〉 서비스를 중단하자, 이 영화를 다시 못 보게 될까 걱정한 팬들은 DVD를 사재기했습니다.

이쯤 되면 직접 읽어보는 수밖에요. 도대체 어떤 작품이기에 그럴까요?

연애 소설이자 정치 소설

《바람과 함께 사라지다》는 로맨스 소설이자 반전 소설, 성장 소설입니다. 미국의 남북전쟁이라는 비극적 시기를 배경으로 남녀의 사랑 이야기를 그립니다.

열여섯 살 스칼렛은 사람들의 눈길을 사로잡는 매혹적인 소녀입니다. 자신도 그 사실을 잘 알고 있죠. "그녀는 자기가 대화의 가장 중요한 화제가 되지 않으면 어떤 얘기도 오래 참고 견딜 줄을 몰랐다. 하지만 그런 소리를 하면서도 그녀는 의식적으로 보조개가 깊이 파이도록 미소를 짓고는, 빳빳하고 검은 속눈썹을 나비의 날개처럼 빠르게 파르르 떨었다. 의도했던 대로 청년들은 그녀에게 매료되어, 지루하게 만들어서 미안하다고 서둘러 사과했다."(상권 16쪽)

그녀의 집안은 대규모 목화 농사를 짓는 조지아주의 대농장, 타라에서 100명이 넘는 흑인 노예를 거느리고 있는 부호입니다. 흑인 노예 해방을 두고 미국이 남북으로 맞붙은 전쟁은 타라에도 큰 변수일 텐데, 스칼렛에게 전쟁 얘기는 따분하기만 합니다. 그녀의 관심사는 오직 애슐리 윌크스라는 남자뿐이죠. 스칼렛은 애슐리가 자기가 아닌 멜라니와 결혼한다는 소식에 큰 충격을 받습니다.

스칼렛은 아무도 없는 서재에 애슐리를 불러들여 고백했다가 거절당하는데, 이 굴욕의 순간을 제3의 인물에게 들켜요. 하필 서재 구석에서 레트 버틀러라는 남자가 쉬고 있던 겁니다. 이때부터 스칼렛과 레트 사이에 애증의 관계가 시작됩니다.

소설은 스칼렛이 사랑과 전쟁을 겪으며 어떻게 변화하는지를 그립니다. 철부지이던 그녀는 점차 자립심 있는 여성으로 성장해요. 전쟁의 비극, 여성의 주체성 같은 묵직한 주제가 사랑 이야기에 녹아 있습니다.

작품에서 스칼렛은 총 세 번 결혼합니다. 먼저 애슐리에게 거절당한 뒤 홧김에 멜라니의 친오빠 찰스와 결혼해요. 찰스가 전사하자 애틀랜타로 떠났다가 북부군에 쫓겨 타라로 돌아오는데, 그녀가 마주한 현실은 쑥대밭이 된 농장입니다. 아버지는 병들었고, 흑인 노예들은 대다수가 도망쳐버렸습니다.

하루아침에 가장이 된 스칼렛은 가족들을 먹여 살리기 위해 온갖 고생을 합니다. 재산이 많다는 소문을 듣고 프랭크를 친동생에게서 빼앗아 결혼하기도 하는데, 그는 흑인들과 싸우다가 세상을 떠나요. 그러자 스칼렛은 제재소를 직접 운영하며, 노예제 이후 세상을 지배하게 된 자본주의의 전선에서 고군분투합니다.

결국 스칼렛은 오랫동안 그녀를 맴돌던 레트와 결혼하지만 애슐리에 대한 마음을 포기하지 못해요. 두 사람의 사이가 틀어

4부 한 문장으로 기억되는 고전

진 와중에 딸 보니가 말을 타다가 낙마해 죽는 사고가 일어납니다. 그 후 스칼렛이 뒤늦게 레트에 대한 사랑을 깨달으면서 작품이 마무리됩니다.

보통 고전의 첫 문장이 널리 회자되는 것과 달리, 이 소설은 마지막 문장이 가장 유명합니다. "After all, tomorrow is another day"라는 문장이죠. 과거에 이를 우리말로 "내일은 내일의 태양이 뜬다"고 옮긴 건 번역자의 해석이 지나치게 개입한 '초월 번역'이라는 말도 있고, "내일은 내일의 바람이 분다"는 일본 속담을 참고했다는 설도 있습니다. 최근에는 "어쨌든 내일도 또 다른 하루가 아닌가"(하권 1837쪽) 하는 식으로 직역에 가깝게 번역하기도 합니다.

PC 논쟁에 휩싸인 소설

"디즈니 인어공주가 왜 흑인이냐!" "〈캡틴 마블〉 같은 여성 영웅물은 억지스럽다!" 최근 몇 년 사이 콘텐츠 업계에서는 PC, 즉 정치적 올바름(Political Correctness)을 둘러싼 논쟁이 반복돼왔습니다. 이야기가 특정 인종·계층·성에 대한 차별을 재생산하지 않도록 정치적 올바름을 추구해야 한다는 입장과, 그런 강박

이 콘텐츠의 재미를 떨어뜨린다는 입장이 팽팽하게 맞서고 있는 거죠.

그 콘텐츠가 과거에 만들어진 거라면 문제는 더 복잡해집니다. 모든 콘텐츠에는 그 작품이 나온 시대가 반영됩니다. 그 시대의 오류도 함께요. 고전으로 칭송받는 작품에 지금의 눈으로 보면 영 구닥다리 같은, 차별적 표현이나 설정이 등장하기도 합니다. 작가가 당대의 사상과 문화에서 분리될 수 없으니 생기는 일이죠.

정치적 올바름에 민감한 요즘에는 작가가 세상을 떠난 뒤 현재의 독자들을 위해 작품을 고치는 일도 벌어집니다. 외신에 따르면 영미권 최대의 출판 그룹인 하퍼콜린스는 영국 추리 소설의 거장 애거사 크리스티(Agatha Christie)의 작품 개정판을 내면서, 흑인을 비하하는 단어인 '니그로(Negro)'를 삭제하고 특정 인종에 대한 편견을 연상시키는 '인디언 기질' 같은 표현도 들어냈다고 합니다. 이런 후대의 수정이 검열인지 시대에 발맞추는 변화인지에 대한 논쟁은 앞으로도 여러 작품을 둘러싸고 반복될 겁니다.

《바람과 함께 사라지다》도 이런 논쟁에서 자유롭지 않습니다. 만약 누군가 제게 '그래서 《바람과 함께 사라지다》는 어떡해야 한다는 말이냐'고 묻는다면, 저 역시도 뭐라 답할지 난감합니다. "흑인들이란 얼마나 어리석은가! 그들은 누가 얘기해주기 전에는 스스로 무엇을 생각해내는 법이 없었다. 그런데도 양키들은 흑인을 해방시키겠다고 야단이었다."(중권 713쪽) 이렇게 흑인에 대한 편견과 차별을 담은 구절은 지금 읽으면 기가 찰 뿐이거든요.

그렇지만 과거에 쓴 문학 작품의 표현을 보고 독자들이 차별을 그대로 학습하리라고 예상하는 건 이들을 지나치게 얕잡아보는 것 아닌가 하는 생각도 들어요. 일부 표현을 이유로 《바람과 함께 사라지다》를 유물 취급한다면 작품 속 진취적이고 통통 튀는 매력의 스칼렛 오하라가 억울할 것 같기도 하고요. 만약 제 생각과 달리 《바람과 함께 사라지다》 속 차별적 표현들이 작품 전반의 매력을 지워버릴 만큼 치명적이라면, 이 작품은 점차 독자들에게 외면받고 고전의 왕좌에서 내려오게 되겠죠. 결국 판단은 작품을 읽은 독자의 몫이라는 게 저의 다소 교과서적인 결론입니다.

도서관의 책을 바닥내고 직접 쓰다

《바람과 함께 사라지다》는 작가 미첼의 대표작이자 유일한 장편 소설입니다. 그녀는 1900년 애틀랜타에서 태어났어요. 애틀랜타는 과거 흑인 노예의 노동력을 기반으로 목화 농업이 번성한 조지아주의 중심지로, 남북전쟁 당시 노예제 폐지에 반대한 남부연합군의 거점 도시였죠. 미첼은 어려서부터 자연스럽게 남북전쟁과 남부의 역사에 대해 들으면서 자랐을 겁니다.

미첼은 신문 기자였는데, 어느 날 발목을 다치는 바람에 수술을 받고 한동안 집에 머무는 신세가 됩니다. 그녀를 위해 동네 도서관에서 책을 빌려다 주던 남편이 말했습니다. "도서관에는 당신이 읽을 책이 남아 있지 않으니 이제 직접 책을 써봐요." 그 말에 미첼은 소설을 쓰기 시작했고, 이 소설이 바로 《바람과 함께 사라지다》입니다.

이 명작은 하마터면 세상에 나오지 못할 뻔했습니다. 신인 작가의 첫 작품인데 1000쪽이 넘는 대작이라, 미첼조차 출간에 자신이 없었어요. 새로운 원고와 작가를 발굴하려 남부 지역을 돌던 대형 출판사 맥밀런의 편집장 해럴드 레이섬(Harold Latham)이 그녀에게 원고를 보여달라고 했을 때 거절했을 정도였죠. 그런데 미첼의 친구이던 맥밀런 출판사 부편집장이 "미첼은 소설을 쓸 만큼 진지한 사람이 아니다"라고 말하자 발끈한 그녀는 원고를 여행 가방에 담아 레이섬에게 넘겨줍니다. 레이섬은 기차 안에서 이 원고를 읽고 이야기에 빠져들어 출간을 결정

했어요. 1936년 발행된 책은 3주 만에 17만 부, 6개월 만에 100만 부 이상이 팔릴 정도로 대성공을 거둡니다. 이듬해 미첼은 퓰리처상을 수상했어요.

마거릿 미첼.

인종 차별적이라는 매서운 비판을 받으면서도 쉽사리 사라지지 않는 소설입니다. 매력적인 이야기는 때로 무서울 정도로 강인한 생명력을 지닙니다. 소설가이자 번역가인 고안정효는 이 책의 역자 해설에서 퓰리처상을 받을 때 경쟁한 또 다른 작품을 언급하며 "같은 해 출판된 포크너의 《압살롬, 압살롬!》과의 경쟁에서 결국 《바람과 함께 사라지다》가 퓰리처상을 받았다는 사실은 어떻게 보면 '사상'과 '이야기'의 싸움에서 '이야기'가 승리했다는 의미가 된다"(하권 1853쪽)고 했습니다. 《압살롬, 압살롬!》은 미국 남부의 역사와 문화에 대한 깊은 성찰을 담고 있어 걸작으로 평가받지만, 상대적으로 대중적 성공을 거두진 못했으니까요.

미첼은 저작권 분야에도 큰 공헌을 한 인물입니다. 책이 대성공한 이후 해외에서 자신의 허락 없이 번역돼 출간되자, 그녀는 저작권을 지키기 위해 소송을 불사했습니다.

《안나 카레니나》

레프 톨스토이

소설가가 무인도에 가져갈
단 한 권의 책

"무인도에 단 한 권의 책만 가져갈 수 있다면 무슨 책을 챙길 거예요?" 책 담당 기자로 일하다 보면 가끔 이런 질문을 받습니다. "무인도에 뭔 책을 가져가요?" 이런 답은 탈락이죠. 그 물음의 속뜻은 '당신이 살면서 읽은 책 중 최고는 뭔가요?' '당신에게 읽고 또 읽어도 질리지 않는 책은 무엇인가요?'니까요.

소설가 김영하는 언젠가 이런 질문을 받고 톨스토이의 소설 《안나 카레니나》(레프 톨스토이, 이명현 옮김, 열린책들, 2024)라고 답했습니다. 19세기 러시아의 대문호 톨스토이의 역작이자 1500쪽에 달하는 '벽돌책'입니다. 김 작가는 이 책이 무인도에서 읽기 적합한 이유를 설명하며 "언제 구조될지 모르니 오래 읽을 수 있어야 한다"고 했습니다.

그저 길기만 하다면 무겁게 무인도까지 챙겨갈 필요가 없겠죠. 무엇보다 이 소설은 재밌습니다. 매혹적이라고 할까요.

사랑의 도피를 한 두 사람은 행복했을까

작품의 줄거리는 쉽게 말해 '불륜'으로 요약됩니다. 그것도 남매가 나란히 바람을 피워요. 먼저 사고를 친 건 오빠입니다. 스테판 오블론스키 공작이 외도를 한 탓에 공작 부부는 냉전 중입니다. 화해의 기미가 좀처럼 보이지 않자 스테판의 여동생 안나 카레니나가 구원 투수로 나섭니다. 오빠 부부의 사이를 풀어보겠다고 모스크바로 찾아온 거죠. 그 전까지 안나는 페테르부르크에서 고위 관료 알렉세이 카레닌의 아내이자 여덟 살짜리 아들의 어머니로 행복하게 살고 있었습니다.

그런데 이게 무슨 일이죠. 안나는 기차역에서 마주친 알렉세이 브론스키 백작에게 그만 마음을 빼앗기고 맙니다. 브론스키도 마찬가지고요. 그는 이전까지 스테판의 처제 예카테리나(애칭은 키티) 셰르바츠카야에게 구애하던 중이었는데도요.

두 사람이 서로를 원하는 뜨거운 눈빛을 숨기지 못해 사고

계에는 금세 소문이 퍼져나가고, 그 와중에 안나는 브론스키의 딸까지 낳죠. 사람들의 냉대를 피해 둘은 외국으로 도망치듯 떠납니다.

과연 두 사람은 행복하게 살았을까요? 충격적인 결말은 설명하지 않을게요. 소설을 직접 읽어보기를 권합니다. 다만 이건 말할 수 있어요. 독자는 안나의 삶을 따라가며 사랑과 자유, 가정에 대해 생각하게 됩니다.

작품의 배경은 '농노제가 무너져가고 혁명의 기운이 움트는' 1870년대의 러시아. 《안나 카레니나》는 가정이라는 작은 사회를 통해 당대 러시아의 혼돈과 변화를 그려냅니다. 소설은 가정생활을 조각배 타는 일에 비유합니다. "그는 흔들림 없이 균형을 잡고 앉아 있는 것만으로는 부족하다는 사실을 깨달았다. 그 이상을 생각해야 했다. 어디로 가는지 한순간도 잊지 말아야 하고, 발아래는 물이니 노를 저어야 하며, 능숙하지 않은 팔로 그 일을 하면 아프다는 것, 그래도 가벼운 마음으로 그 일을 대해야 한다는 것, 그 일을 해내기란 매우 기쁘면서도 무척 힘들다는 것을 유념해야만 했다."(2권 443쪽)

책에 등장하는 주요 인물만 추려도 일곱 명. 가뜩이나 긴 러시아 이름에다 애칭까지 사용해, 인물 관계도를 따로 메모하며 읽는 게 편합니다. 이처럼 다양한 인물이 얽히고설키는 가운데 당대의 러시아 문화와 사회상이 녹아듭니다. 철학과 종교, 농민 문제 등에 대한 톨스토이의 고민도 확인할 수 있고요.

곳곳에 마련된 아름다운 문장들이 독자의 눈을 사로잡습니다. 어떤 대목은 요즘으로 치면 로맨스 웹소설처럼 설레게 만들어요. 작품 초반부, 안나는 브론스키에 빠져드는 자신을 다잡기 위해 서둘러 기차를 타고 페테르부르크로 돌아갑니다. 그런데 이 기차에 브론스키도 타고 있어요. 당신이 왜 여기 있느냐는 안나의 물음에 그는 말합니다. "알고 계시지 않습니까, 당신이 계신 곳에 있으려고 열차를 탔다는 걸 말입니다. 달리 어쩔 도리가 없었습니다."(1권 197쪽)

그중에서도 가장 널리 알려진 문장이 있죠. 이 책을 안 읽은 사람도 첫 문장은 알 정도로 유명합니다. "모든 행복한 가정은 서로 닮았고, 모든 불행한 가정은 제각각으로 불행하다."(1권 13쪽)

매력적인 서브 커플, 레빈과 키티

이야기의 또 다른 축을 담당하는 두 번째 커플이 있습니다. 콘스탄틴 레빈과 키티입니다. 레빈은 요즘 말로 하면 '너드남'처

4부 한 문장으로 기억되는 고전

럼 고지식하고 연애에 서툴지만, 헌신적인 짝사랑으로 결국 사랑하는 여자와 가정을 이룹니다. 시골에서 농장을 경영하는 지주 겸 지식인인 그는 톨스토이의 분신으로 해석되기도 해요. 다른 남자를 바라보던 키티가 레빈을 사랑하게 되는 과정도 흥미롭습니다. 이들은 안나와 브론스키처럼 불같은 사랑을 보여주지는 않지만, 우여곡절 끝에 맺어져 이상적 부부로 살아갑니다.

사실 키티가 마음에 둔 남자는 브론스키였죠. 공작 가문의 막내딸인 그녀는 브론스키와의 결혼 생활을 그려보던 중이었는데, 그와 안나가 갑자기 사랑에 빠지면서 크게 상심합니다. 아픈 마음이 몸의 병으로 이어져 시름시름 앓기까지 해요.

스테판의 친구인 레빈은 32세로, 이 작품이 나온 시대의 기준으로는 노총각이었어요. 역시 그 시대 기준으로 혼인 적령기였을 18세의 키티를 마음에 품지만, 그녀는 브론스키에게 마음을 뺏겨 레빈의 청혼을 거절하죠. 그는 결국 본가인 농촌으로 떠납니다. 이후 브론스키가 안나에게 반하면서 키티가 실의에 빠지자, 레빈은 그녀에게 다시 청혼해 마침내 부부가 됩니다.

이 부부를 이야기할 때는 레빈의 두 번째 청혼 장면을 빼놓을 수 없습니다. 낭만적이라서가 아니라 너무 어설퍼서요. 레빈은 키티를 다시 만나자 탁자 위에 분필로 이렇게 적습니다. "당, 나, 그, 수, 없, 대, 때, 그, 절, 안, 된, 건, 아, 그, 그, 건." 이 수

수께기 같은 말은 사실 "당신이 나에게 그럴 수는 없다고 대답했을 때, 그것은 절대로 안 된다는 건가요, 아니면 그때만 그랬던 건가요?"라는 질문입니다. 여전히 수수께끼 같죠? 그러니까 레빈은 '당신이 이전에 나의 청혼을 거절했는데, 그 마음은 변함없는지' 묻고 싶은 겁니다. 키티는 이마를 찌푸린 채 고민하다가 레빈과 똑같이 첫 글자만 적어 답합니다. 그때는 달리 대답할 수 없었고, 청혼을 거절한 일은 잊어달라고 말이죠. 레빈은 그녀가 자신을 받아들일 준비가 됐다는 걸 깨닫고, 다시 첫 글자 암호를 통해 이런 말을 전합니다. "잊어야 할 것도 용서해야 할 것도 없습니다. 나는 당신에 대한 사랑을 그만둔 적이 없었으니까요."(2권 296~298쪽) 둘은 더 이상 기다릴 수 없다는 듯 서둘러 결혼식을 올리고 시골로 떠납니다. 이 엉뚱한 청혼 장면에는 톨스토이와 아내 소피야의 실제 일화가 반영됐습니다.

레빈은 지주이자 지식인으로서 농업의 효율성과 농민의 삶의 질을 높이기 위해 고민하는데, 이 과정에서 당대 러시아 지식인 사회의 고민이 드러납니다. '농민을 위해 학교가 필요하다'는 주장에 레빈은 '중요한 건 농민들에게 일정한 삶의 수준을 보장해주는 경제적 구조이고, 학교는 그다음'이라고 맞섭니다. 그는 노동자들에게 이익을 나눠줘야 일에 흥미를 둘 거라 보고, 협동조합 형태의 농지 경영을 실험합니다. 이 소설은 귀족들끼리 대

화할 때 굳이 프랑스어를 사용하는 사대주의를 꼬집는가 하면,
왕실의 허위도 비웃습니다.

대문호도 가족은 어렵다

톨스토이는 부유한 '금수저'로 태어났지만 러시아 사회의 변
혁을 꿈꿨습니다. 그는 1828년 모스크바에서 남쪽으로 160킬로
미터 떨어진, 가문의 영지 야스나야 폴랴나에서 백작의 아들로
출생했습니다. 하지만 어릴 때 어머니와 아버지를 차례로 잃고
모스크바의 친척 집에서 자랍니다. 카잔 대학교 법학과를 다니
다가 중퇴한 그는 이때부터 철학, 논리학 등을 독학합니다. 시간
이 흐른 뒤 야스나야 폴랴나로 돌아와 농촌 계몽 활동을 벌이지
만, 실패하고 실의에 빠집니다. 마치 레빈처럼요.

청년 톨스토이는 다시 모스크바로 가서 방탕하게 지내다가
군대에 입대하기도 합니다. 20대 들어 소설을 쓰기 시작했고,
《부활》《전쟁과 평화》 등을 통해 거장의 반열에 오릅니다. 동시
에 농민 교육을 위한 집필 활동을 이어가는 사회활동가이자 비
평가, 사상가이기도 했습니다.

《안나 카레니나》는 그런 톨스토이가 스스로 꼽은 '진정한 장

일리야 레핀(Ilya Repin), 〈레프 톨스토이의 초상〉, 1887, 트레치야코프 미술관.

편 소설'입니다. 그는 1873년 친구이자 평론가인 니콜라이 스트라호프(Nikolay Strakhov)에게 보낸 편지에서 훗날 《안나 카레니나》가 될 작품을 언급하며, 자기 생애 처음 쓰는 진정한 장편 소설이라고 했습니다. 이때 톨스토이는 20년이 넘게 작가로 활동하고 있었습니다. 2000쪽에 달하는 《전쟁과 평화》도 이미 집필을 마쳤고요. 《안나 카레니나》가 그에게 얼마나 특별했는지 알 수 있습니다.

톨스토이는 《안나 카레니나》를 잡지에 1875년부터 1877년까지 연재하면서, 2년 반가량 이 작품에만 몰두했습니다. 농민 아동을 대상으로 한 〈독본〉을 제외하면, 다른 원고는 물론 일기조차 쓰지 않았습니다.

실제 사건이 톨스토이에게 영감을 줬습니다. 1872년 1월 안나 스테파노브바 피로고프라는 젊은 여자가 애인에게 버림받자 달리는 화물 기차에 몸을 던지는 사건이 일어납니다. 톨스토이는 손상된 시체를 보러 역사까지 갔고, 이 사건에서 소설의 모티프를 얻은 것으로 알려져 있습니다.

이 소설을 완성하는 건 또 다른 실화입니다. 톨스토이는 말년에 자신이 쓴 작품의 저작권을 모두 포기하고 전 재산을 사회에 환원하겠노라 선언했다가, 가족들의 반대에 부딪혀 극심한 갈등을 겪습니다. 대문호에게도 '가정생활의 노'를 젓는 건 역시 쉽지 않은 모양입니다.

1910년, 82세의 톨스토이는 가족과의 불화로 고통받고 있었습니다. 또 사유 재산을 부정하면서도 여전히 안락한 조건을 누리고 있는 스스로에 대해 수치심을 느끼고, 집을 떠나기로 합니다. 그는 우랄로 향하는 기차를 탔는데 도중에 건강이 급격히 악화해 사망했습니다. 그의 시신은 고향 야스나야 폴랴냐의 숲에 묻혔고, 수천 명이 그의 죽음을 애도하며 몰려듭니다. 당시 프랑스 신문에는 이런 글이 실렸습니다. "병상에 누워 있는 그 어떠한 왕도, 임종의 고통을 겪고 있는 그 어떠한 황제도, 그리고 죽어가고 있는 그 어떠한 장관도 이처럼 모든 이들의 뜨거운 관심을 받지는 못할 것이다. (……) 이것이 바로 예술적 그리고 인류애적인 헌신과 공헌을 위해 생을 바쳤던 작가에 대한 존경의 표시였다."(레프 똘스또이, 《안나 까레니나》, 이명현 옮김, 열린책들, 2018, 하권 723쪽)

《노인과 바다》

어니스트 헤밍웨이

인간은
패배하지 않는다

"살아온 모든 삶을 몽땅 쏟아 낚싯줄을 당긴다!" 댕기 머리를 곱게 땋은 여자가 부채를 움켜쥔 채 젖 먹던 힘을 다해 외칩니다. 그 옆에서 갓 쓴 남자가 북을 칠 때마다 너른 도포 자락이 파도처럼 일렁입니다. 그러면 두 사람이 오른 대한민국 어느 극장 무대 위는 순식간에 쿠바의 망망대해로 변합니다. 부서지는 파도 한가운데 떠 있는 조그만 낚싯배 한 척. 고기잡이는 거대한 물고기와 최후의 싸움을 벌이는 중입니다. 작열하는 태양 아래 소금기를 머금은 바다 내음이 코를 찌르는 것만 같습니다.

소리꾼 이자람의 판소리극 〈노인과 바다〉는 어니스트 헤밍웨이(Ernest Hemingway)가 쓴 동명의 소설을 바탕으로 재창작한 작품입니다. 그가 부채를 접어 낚싯줄처럼 거머쥐고 온 힘을 다해 끌어올리는 대목에 접어들면, 텅 빈 무대도 관객의 눈에는 바다 위 낚싯배처럼 보여요. 치마저고리 차림으로 선 소리꾼은 어느새 바닷일에 피부가 구릿빛으로 그을린 쿠바 어부가 돼 있습니다.

얼마나 대단한 낚시기에 삶을 쏟아부어야 했을까요. 이자람이 쓴 노랫말은 소설의 주제를 관통합니다. 《노인과 바다》(어니스트 헤밍웨이, 이종인 옮김, 열린책들, 2012)는 나이 든 어부 산티아고의 사투를 다룬 작품이거든요.

산티아고의 운수 좋은 날

산티아고는 멕시코만류에서 조각배를 타고 홀로 고기를 잡는 어부입니다. 문제는 그가 84일이 지나도록 고기 한 마리도 낚지 못하고 있다는 것. 세 달 가까이 고된 일은 일대로 하면서 수입이 전혀 없는 거죠. 사정이 이렇다 보니 그를 '불길함' '재수 없는 사람'이라는 뜻의 에스파냐어 '살라오'로 부를 정도입니다. 온 마을에 그의 불운이 소문났어요.

산티아고는 포기하지 않고 혼자 먼 바다로 나아갑니다. 예전에도 87일 동안이나 고기를 못 잡다가 그 후 3주 동안 매일 커다란 물고기를 낚아 올린 적이 있거든요. 다섯 살 때부터 배를 탄 노인은 바다 위에서 숱한 고비를 넘겼습니다. 무수한 물고기들의 이름을 익혔고, 바다에서 살아남는 법과 다가올 날씨를 읽는 법을 배웠습니다. 그가 홀로 배에 몸을 맡길 때 실은 지난 수십 년의 생애 그리고 역경과 함께 바다로 가는 셈입니다.

마침내 산티아고의 낚싯줄에 그의 조각배보다도 큰 청새치 한 마리가 걸립니다. 처음에는 물속에 있는 놈의 정체조차 알 수 없었어요. 물고기를 꿴 낚싯줄이 팽팽해져 물방울이 튕겨나갈 정도로 거대하고 힘센 물고기라는 걸 감각할 뿐이었죠. 이 물고기를 잡아두느라 산티아고는 두 손이 낚싯대에 묶였고, 배는 고기가 당기는 대로 이끌려갑니다.

끝이 보이지 않는 바다에서 산티아고는 혼자입니다. 그는 노인의 몸으로 사흘 밤낮으로 사투를 벌인 끝에 그 거대한 청새치를 잡아 올려요. 낚싯줄을 놓치지 않으려 어깨와 등에 두른 채 다른 낚싯줄로 작은 물고기를 낚아 생으로 씹어 먹으며 겨우 버티죠. 산티아고는 이런 생각까지 합니다. '물고기야, 넌 나를 죽이고 있어.' 그런데 이게 무슨 '운수 좋은 날'인가요. 그는 배에 청새치를 묶고 마을로 돌아오다 상어 떼의 습격을 받고 맙니다. 산티아고는 청새치의 살점을 덥석덥석 베어 먹는 상어를 떼어내기 위해 또다시 바다 위 전투를 벌입니다. 기진맥진 돌아온 그의 배에 남은 건 거대한 물고기의 앙상한 뼈뿐입니다.

내일 당장 무슨 일이 일어날지도 알 수 없는 게 인생이죠. 살면서 우리에게 어떤 파고가 밀려올지 지금은 짐작할 수 없습니다. 청새치와의 사투를 통과한 산티아고의 독백은 그래서 잔잔한 물결처럼 오랜 여운을 남깁니다. "인간은 패배하기 위해 태어난 것이 아니야. 인간은 파괴될 수는 있지만 패배하지는 않는 거야."(96쪽)

빙산의 일각만 보여주는 소설

《노인과 바다》는 헤밍웨이가 1952년 발표한 작품으로, 살아서 마지막으로 출간한 헤밍웨이 문학의 결정판으로 통합니다. 그의 이른바 '빙산 이론'을 보여주는 소설이기도 합니다. 헤밍웨이는 잘 쓴 소설은 빙산과 같다고 봤어요. "빙산의 움직임이 위엄을 획득하는 것은 8분의 1만이 수면 밖으로 나와 있고 나머지는 물속에 잠겨 있기 때문이다. 반면에 자기가 잘 모르는 것을 생략한 작가는 그의 글 속에 공허한 공백만 남겨놓는다."(298쪽에서 재인용).

《노인과 바다》역시 8분의 1만 모습을 드러냈을 뿐 나머지 대부분은 수면 아래 가라앉아 있는 것 같습니다. 바다의 풍경과 어업의 치열함이 활어처럼 살아 숨 쉬는 소설인데, 곱씹을수록 인생이라는 항해에 대해 생각하게 해요. 작품을 읽을 때마다 새로운 해석을 하게 됩니다.

산티아고와 청새치를 어떻게 보느냐에 따라 그들의 대치는 다르게 읽힙니다. 인간 대 자연의 대결로 읽을 수도 있고, 삶의 터전에서 날마다 생존 경쟁을 치르는 인간의 비애를 그렸다고 읽을 수도 있습니다. 산티아고의 사투는 흘러가는 세월을 붙잡으려 애쓰는 노인의 몸부림 같기도 합니다.

기독교적 상징도 깃들어 있습니다. 주인공 산티아고의 이름은 예수의 열두 제자 중 한 사람인 어부 야고보의 에스파냐식 표기입니다. 그가 청새치를 잡다가 손바닥에 상처를 입는 장면은 예수가 십자가에 못 박히는 장면과 겹칩니다. 바다를 대할 때 산티아고가 보여주는 겸손, 물고기에 대한 죄의식이 예사롭지 않게 읽히는 이유죠. 산티아고에게 음식을 베푸는 마을 사람 마르틴은 가난한 이웃을 위해 일생 봉사한 성 마르탱 사제를 떠올리게 합니다.

평생의 자랑이 될 청새치를 낚기 위해 온 힘을 다하는 산티아고의 모습에서 예술가 헤밍웨이의 고뇌를 읽을 수도 있습니다. 전작 《누구를 위하여 좋은 울리나》를 출간한 이후 헤밍웨이는 이렇다 할 작품을 내지 못했어요. 당시 비평가들은 그가 작가로서 종말을 맞았다고까지 했죠. 마치 젊은 어부들이 번번이 빈손으로 돌아오는 산티아고를 비웃듯 말이죠. 하지만 헤밍웨이는 《노인과 바다》를 통해 자신이 건재하다는 사실을 증명해냈습니다.

전쟁, 쿠바, 모히토 그리고 시가

2024년 2월 14일, 대한민국과 쿠바는 처음으로 수교를 맺습니다. 쿠바는 1959년 사회주의 혁명 이후 북한의 형제국이라 불렸습니다. 한국은 중남미 국가 중 유일하게 쿠바와만 공식 수교 관계를 맺지 않았죠. 하지만 수교 이전부터 매년 1만 명이 넘는 한국인이 쿠바를 찾았습니다. 관광객들이 빼놓지 않고 들르는 명소는 '엘 플로리디타'라는 이름의 바. 헤밍웨이가 모히토와 시가를 즐기던 단골집으로 유명하죠. 쿠바는 그가 사랑한 나라, 28년간 머물며 《노인과 바다》를 쓴 곳입니다.

1899년 미국 시카고 교외의 오크파크에서 태어난 헤밍웨이는 기자 생활로 글쓰기를 시작했습니다. 그는 유력한 신문인

〈캔자스시티 스타〉에서 저널리스트로 일합니다. 제1차 세계대전이 일어나자 참전하려 했으나 시력이 좋지 않아 입대를 거부당했습니다. 미국 적십자사 요원으로 전쟁터에 간 그는 구급차 운전사로 활약하던 중 포격으로 부상을 입고 후송됩니다. 이때의 경험을 바탕으로 훗날 《무기여 잘 있거라》를 씁니다.

고국으로 돌아온 헤밍웨이는 소설 쓰기와 기자 일을 병행하다가 〈토론토 스타 위클리〉 통신원 자격으로 프랑스 파리로 향합니다. 이곳에서 스콧 피츠제럴드(Scott Fitzgerald), 거트루드 스타인(Gertrude Stein), 에즈라 파운드(Ezra Pound) 등 작가들과 어울리며 문학의 길에 본격적으로 접어듭니다. 스페인 내전과 제2차 세계대전의 현장을 지킨 종군기자이기도 했습니다. 네 번의 결혼과 더불어 투우·낚시·사냥 등의 야성적 취미, 종군기자라는 이력으로 인해 헤밍웨이는 강인하고 용감한 마초 이미지를 얻었습니다.

1939년 쿠바의 아바나에 정착한 헤밍웨이는 이곳에서 《누구를 위하여 종은 울리나》《노인과 바다》 등을 써냅니다. 《노인과 바다》는 헤밍웨이가 쿠바의 친구에게 들은 한 어부의 이야기를 모티프로 쓴 소설입니다. 먼바다에서 작은 조각배를 탄 노인이 이틀에 걸친 사투 끝에 거대한 물고기를 잡았는데, 상어 떼가 달려들어 물고기 살점을 뜯어가버렸고, 동료 어부들이 노인을 발

어니스트 헤밍웨이.

견했을 때는 배에서 울고 있더라는 얘기였죠.

《노인과 바다》는 1952년 9월 1일 자 〈라이프〉 특집호로 처음 공개됐 는데, 잡지 전체가 오로지 이 소설로 만 채워져 있었다고 합니다. 작품이 인기를 끌면서 잡지는 532만 부나 팔려나갔고, 《노인과 바다》는 같은 해 9월에 단행본으로 출간돼 세계적 베스트셀러의 자리에 오릅니다.

헤밍웨이는 《노인과 바다》로 호평을 얻은 뒤 1953년에 퓰리 처상을, 1954년에 노벨 문학상을 받았습니다. 그가 새로 내놓을 작품에 대한 세상의 기대는 커져만 갔죠. 이것이 부담으로 작용 했는지 신경 쇠약에 빠지고 피해망상에 시달립니다. 두 차례에 걸쳐 정신 병원에 입원하고 전기 충격 요법까지 받아야 했습니 다. 결국 그는 권총 자살로 생을 마감합니다. '인간은 파괴될 수 는 있지만 패배하지는 않는다'는 말은 어쩌면 헤밍웨이 스스로 에게 가장 필요한 말이 아니었을까요.

5부

고전 중의 고전

고전을 쓴 작가들도 한때는 독자였습니다.
그들이 사랑한 '고전들의 고전'은 어떤 작품일까요.

《햄릿》

윌리엄 셰익스피어

여왕을 잃은 영국을
위로한 고전

"천사들이 그대의 안식을 노래하리라(May flights of angels sing thee to thy rest)."(윌리엄 셰익스피어, 《햄릿》, 박우수 옮김, 열린책들, 2010, 210쪽) 영국의 새 국왕인 찰스 3세는 2022년 9월 버킹엄궁에서 진행한 첫 대국민 텔레비전 연설을 이 문장으로 마쳤습니다. 그의 어머니 엘리자베스 2세 여왕은 70년하고도 200일 넘게 영국과 영연방을 이끌며 역대 최장기 군주라는 기록을 세웠죠. 모친이 세상을 떠나고 왕위를 이어받은 찰스 3세는 어머니의 영원한 안식을 기원하면서 윌리엄 셰익스피어(William Shakespeare)의 희곡 《햄릿》 속 한 구절을 인용했습니다.

셰익스피어는 엘리자베스 2세처럼 영국을 상징하는 인물입니다. 국토와도 바꿀 수 없는 소중한 대문호, 영국 문화의 뿌리죠. 19세기 평론가 토머스 칼라일(Thomas Carlyle)은 "영국은 언젠가 인도를 잃겠지만 셰익스피어는 영원히 우리와 함께할 것"이라고 예언했습니다.

복수는 복수를 낳고

《햄릿》은 그 유명한 셰익스피어의 희곡 중에서도 특히 알려진 작품으로, 《리어왕》《오셀로》《맥베스》와 더불어 그의 4대 비극으로 꼽힙니다. 《햄릿》의 대사 중 "사느냐, 마느냐, 그것이 문제로구나"(98쪽)는 역사상 가장 유명한 독백이라고 할 수 있고요("있음이냐 없음이냐, 그것이 문제로다"와 같이 번역가에 따라 다소 차이는 있습니다).

한마디로 말하면 이 희곡은 '덴마크 왕자 햄릿이 아버지의 복수를 하려다 또 다른 복수를 불러오는 이야기'입니다. 주인공 햄릿은 아버지의 죽음 이후 인생이 송두리째 뒤흔들린 인물이죠.

《햄릿》의 첫 대사는 "거기 누구냐?"(11쪽)라고 묻는 파수꾼 병사의 말입니다. 어둡고 적막한 극장에 이 질문이 울려 퍼지면 관객들은 숨죽이고 무대를 바라보게 되죠. 병사가 물음을 던진 대상은 죽은 왕의 유령입니다. 선왕은 왜인지 유령으로 떠돌며 매일 밤 성을 지키는 병사들을 공포에 떨게 만듭니다.

왕의 유령이 자꾸 나타나자 병사들은 왕자 햄릿을 불러옵니다. 죽은 왕은 아들인 햄릿에게 "반드시 원수를 갚아야 한다"는 말을 은밀히 전합니다. 사람들은 그가 후원에서 낮잠을 자다가 독사에 물려 죽은 걸로 알고 있지만, 사실은 살해당했다는 충격적인 진실을 들려주면서요. 범인은 햄릿의 어머니이자 왕비인 거트루드와 숙부 클로디어스. 두 사람이 불륜을 저지르고 왕까지 죽인 거죠. 그 뒤 클로디어스는 왕좌에 앉고, 거트루드는 남편의 동생인 그와 재혼해 다시 왕비가 됩니다.

어떤 말은 듣기 전과 후로 인생을 갈라놓습니다. 아버지가 어떻게 죽었는지 알게 된 햄릿은 진실을 모를 때로 돌아갈 수 없습니다. 이제 햄릿은 남들 눈에 미치광이처럼 보입니다. 신하들도 공공연히 "왕자님은 미쳤다"고 합니다. 한 나라의 왕자가 식음을 전폐했다가 불면증을 앓더니, 앞가슴을 풀어헤치고 때묻은 양말은 발목까지 흘러내린 차림으로 연인 오필리아의 방에 느닷없이 나타나니 그런 말이 나올 수밖에요. 햄릿은 오필리아를 향해 수녀원으로나 가버리라고, 결혼 선물로 혼수 대신 악담을 주겠다고 폭언을 퍼붓습니다. 혼자 있을 때는 그녀에 대한 사랑을 고백하며 그리워하더니, 왜 이러는 걸까요?

사실 햄릿은 유령이 된 아버지를 만난 뒤 미친 척하며 복수의 기회를 노리는 중입니다. 말 그대로 '복수극'을 펼칠 예정이죠. 왕과 왕비를 비롯한 궁정 사람들 앞에서 아버지의 살해 사건을 연극으로 재연해 두 사람의 마음을 떠볼 계획을 세웠습니다.

　　어쩌면 미친 척이 아니라 진짜 미쳐가는 걸지도 모릅니다. 햄릿이 지금 제정신으로 버틸 수 있을까요? 그는 지금 왕의 아들이자 조카입니다. 어머니를 숙모라고 불러야 하는 처지죠. 아버지의 복수를 하려면 어머니를 죽여야 할 수도 있습니다. 햄릿은 분노에 휩싸여 어머니를 찌르지 않기 위해 스스로를 다독여야 할 지경입니다. 그는 이 가혹한 운명에서 연인을 멀찍이 떼어놓기 위해 위악을 부립니다. 마치 "널 사랑하니까 보내주는 거야"라고 말하는 TV 드라마 속 주인공처럼요.

　　숙부는 햄릿이 벌인 연극을 보다가 깜짝 놀라 자리를 뜹니다. 그러더니 죄책감을 호소하며 홀로 기도를 합니다. 이를 본 햄릿은 '역시 범인이 맞구나' 심증을 굳히지만, 당장 그를 칼로 찔러 죽이지는 못해요. 햄릿은 망설입니다. 숙부가 기도할 때 죽이면 숙부는 천국에 가고, 자신은 지옥에 가게 될지도 모른다는 엉뚱한 핑계까지 댑니다.

　　그렇다고 햄릿이 이 복수극을 벗어날 수도 없습니다. 복수는 복수를 낳고, 그는 자꾸 비극의 소용돌이 속으로 빠져듭니다.

햄릿은 어머니 방에 찾아갔다가 인기척에 칼을 휘두르는데, 그의 칼이 벤 건 클로디어스가 아니라 재상 플로니어스입니다. 그는 햄릿이 사랑한 여자, 오필리아의 아버지죠. 오필리아는 사랑하는 남자가 자신의 아버지를 죽이자 그만 정신을 놓은 채 개울에 빠져 죽고 맙니다.

　　오필리아의 오빠 레어티즈는 원수가 돼버린 햄릿을 죽이려 하고, 클로디어스는 자신의 추악한 진실을 알고 있는 햄릿을 제거하는 데 레어티즈를 이용하기로 합니다. 클로디어스의 부추김에 레어티즈는 칼에 독을 묻힌 채 햄릿과 칼싸움 내기를 벌입니다. 그것도 모자라 클로디어스는 독이 든 술잔도 준비해놓습니다. 하지만 이 잔을 들이킨 건 햄릿이 아니라 왕비 거트루드였고, 혼전 속에 칼이 뒤바뀐 햄릿과 레어티즈는 독 묻은 칼에 번갈아 찔립니다. 레어티즈와 거트루드가 차례로 쓰러지는 와중에, 햄릿은 왕을 찔러 죽인 뒤 자신도 숨을 거둡니다.

　　비극의 행진 속에서 죽음의 문턱에 선 레어티즈는 간신히 말합니다. "훌륭하신 햄릿 왕자, 서로 용서합시다./소신과 소신 부친의 죽음이 그대 때문이 아니듯/그대의 죽음 또한 소신의 탓이 아니오."(208쪽) 모두가 죽음을 맞는 파국에 이르러서야, 복수가 복수를 부르는 비극의 고리를 이제는 끊자는 결론에 다다릅니다.

문학의 모나리자, 햄릿

"나머지는 침묵이네"(210쪽) 하고 죽어버린 햄릿처럼 이 희곡은 모든 것을 설명하는 작품이 아닙니다. 시 같은 문장들 덕에 침묵 너머의 내용을 가늠하며 읽어야 하죠.

예컨대 햄릿이 진짜 미쳐버린 것인지를 두고도 해석이 갈립니다. 시인 토머스 스턴스 엘리엇(Thomas Stearns Eliot)은 《햄릿》을 썩 좋게 평가하지 않았는데, 비평서 《성스러운 숲: 시와 비평에 관한 논고》에서는 이 작품을 "문학의 모나리자"라고 비꼬기도 했어요. 웃는 건지 우는 건지 알 수 없는 그림 〈모나리자〉 속 표정처럼 종잡을 수 없는 작품이라는 거죠. 하지만 여러 해석이 가능한 덕분에 영화, 연극, 뮤지컬 등으로 거듭 각색되기도 했습니다.

복수극에 휘말려 죽음을 맞은 오필리아를 재해석하려는 시도도 있습니다. 과거에는 그녀를 순수한 여인, 죄없이 희생된 순결한 여인으로 단순하게 해석했습니다. 저 유명한 그림, 존 에버렛 밀레이(John Everett Millais)의 〈오필리아〉가 대표적입니다. 꽃을 쥔 채 강물에서 생을 마감하는 오필리아의 모습을 청초하게 묘사했죠.

하지만 시간이 흘러 2021년, 《햄릿》을 전용환이 각색한 연극 〈오필리아〉는 그녀가 클로디어스와 거트루드에게 총을 겨누는 장면으로 시작하죠. 오필리아가 복수극의 단순한 희생자에 그치지 않고 그 중심에 서도록 바꿔 쓴 겁니다.

《햄릿》의 정확한 창작 연도는 확인할 수 없습니다. 1600년대에 나온 것으로 추정할 뿐이죠. 400년 넘게 살아남은 이야기는 이제 또 다른 수식어를 갖게 됐습니다. 바로 '여왕을 잃은 영국 국민을 위로한 고전'입니다. 파국으로 끝난 작품은 아이러니하게도 엘리자베스 2세를 떠나보낸 영국 국민의 안식처가 됐습니다.

하지만 군주제에 대한 의문이 끊이지 않는 21세기에 70대의 고령으로 왕좌에 앉은 찰스 3세에게는 셰익스피어의 《햄릿》보다는 《헨리 4세》 속 이 문장이 더 와닿을지도 모르겠습니다. "왕관 쓴 자, 그 머리를 마음 편히 못 뉜다."●

● 윌리엄 셰익스피어, 《셰익스피어 전집 7: 사극·로맨스 I》, 최종철 옮김, 민음사, 2014, 220쪽.

셰익스피어는 가짜다?

《로미오와 줄리엣》《베니스의 상인》《말괄량이 길들이기》 등. 셰익스피어는 무수한 걸작을 남겨 '역사상 가장 위대한 극작가'로 칭송받습니다. 그래서일까요. 그의 정체를 둘러싼 의혹도 끊이지 않습니다. 대표적인 게 셰익스피어의 신화는 허구라는 거죠. 쉽게 말해 이렇게 위대한 작품들을 모조리 한 사람이 썼을 리가 없다는 겁니다.

셰익스피어가 썼다고 알려진 작품들의 원작자가 따로 있다는 의혹이 처음 제기된 건 1785년. 제임스 윌멋(James Wilmot)이라는 학자가 《로미오와 줄리엣》《햄릿》《맥베스》의 원저자가 셰익스피어라는 확실한 증거를 찾으려 조사에 나섰지만 아무것도 찾아내지 못했습니다. 그러자 윌멋은 희곡에서 풍기는 뉘앙스와 사상을 근거로 들어 셰익스피어가 아닌 철학자 프랜시스 베이컨(Francis Bacon)을 원작자로 지목합니다. 이후 셰익스피어가 아니라 다른 사람이 그의 희곡들을 썼다고 주장하는 책과 논문이 줄을 이었습니다. 《톰 소여의 모험》을 쓴 미국 소설가 마크 트웨인, 정신분석학자 지크문트 프로이트 등도 논쟁에 발을 담급니다. 영국의 유명 연출가와 연극배우 280여 명이 셰익스피어 작품들의 원작자는 셰익스피어가 아니라는 선언문을 발표하는 일까지 벌어졌습니다.

표절론도 제기됐습니다. 예를 들면 《햄릿》의 기원을 삭소 그라마티쿠스(Saxo Grammaticus)의 《덴마크 사기》에서 찾는 학자들이 있습니다. 이 책에는 12세기를 배경으로 한 덴마크 왕자의 복수 이야기가 담겨 있는데 《햄릿》이 그 영향을 받았다는 거죠. 혹은 이 이야기를 토대로 프랑스에서 나온 《비극 이야기》를 《햄릿》이 참고했다는 설이 있습니다.

이런 의혹들은 또 다른 예술 작품을 낳았습니다. 제니퍼 리 카렐(Jennifer Lee Carrell)이 쓴 《퍼스트 폴리오》는 소실된 셰익스피어의 원고를 찾아 나서는 과정에서 그의 정체를 밝혀내는 일종의 추리 소설이고, 마이클 그루버(Michael Gruber)의 장편 소설 《바람과 그림자의 책》은 셰익스피어의 미발표 희곡이 존재한다는 상상을 담았습니다.

《셰익스피어 카운슬링》을 쓴 이탈리아 철학자 체사레 카타(Cesare Catà)는 셰익스피어의 완벽한 작품 세계는 신비에 가깝다고 말합니다. "그가 25년에 걸쳐 완성한, 3만 1534개 단어로 구성된 37편의 작품이 어떻게 인간의 모든 심리를 그토록 완벽하게 표현하고 있는지야말로 셰익스피어에 얽힌 진정한 미스터리"●

● 체사레 카타, 《셰익스피어 카운슬링》, 김지우 옮김, 다산초당, 2023, 7쪽.

라는 거죠.

그는 인간의 모든 삶이 셰익스피어의 작품에 담겨 있다고 말합니다. "사랑에 미쳐 있다면 당신은 로미오나 줄리엣이고, 예기치 않은 곳에서 사랑을 찾았다면 당신은 베아트리체 혹은 베네디크입니다. 삶이 너무나 불안하다면 당신은 오셀로이고, 진실을 찾아 헤매다 이성을 잃은 당신은 햄릿이며, 내면의 어두움에 이끌려 폭력과 공포의 세계에서 헤어나지 못한 당신은 맥베스입니다."● 당신은 오늘 햄릿인가요, 아니면 다른 인물인가요?

● 《셰익스피어 카운슬링》, 6쪽.

5부 고전 중의 고전

《일리아스》

호메로스

일리아스에는
트로이의 목마가 없다

"네 녀석은 맨날 싸움박질만 하고 있는 거 아니냐?" 아들을 타박하는 아버지의 이름은 제우스입니다. 그리스·로마 신화 속 지상과 천상을 주관하는 최고신, 올림푸스산의 우두머리인 그 제우스요. 꾸중을 듣는 아들내미는 동네 한량이 아니라 전쟁의 신 아레스고요. '아버지가 오냐오냐한 탓에 동생(아프로디테)이 자꾸 사고를 쳐서 뒷수습한 거'라는 아레스의 항변에 제우스는 '네 놈의 성질머리는 엄마(헤라)를 닮아서 그 모양'이라고 받아칩니다.

호메로스(Homeros)의 서사시 《일리아스》(이준석 옮김, 아카넷, 2023) 속 신들의 말다툼을 보고 있으면 웃음이 납니다. 신들의 집안싸움이 21세기 서울 어느 아파트의 거실 풍경과 크게 다르지 않거든요.

기원전 8세기 무렵 쓰였다는 '서양 문학의 기원', 트로이전쟁을 그린 고전, 1만 5693행에 이르는 24권의 대서사시, 플라톤과 아리스토텔레스도 인용한 책……. 《일리아스》를 수식하는 말은 많고 많지만, 어쩐지 고리타분할 것 같다는 오해를 사기 딱 좋죠.

그렇다면 이런 소개는 어떨까요. 세계적 베스트셀러가 된 소설 《파이 이야기》의 작가 얀 마텔(Yann Martel)은 《일리아스》에서 새로운 소설의 영감을 얻었다고 합니다. 트로이전쟁을 현대적으로 재해석한 작품이죠.

2023년 서울국제도서전에 참석하려고 한국을 찾은 그는 "지루하겠거니, 그래도 한 번쯤 읽어봐야지 하고 《일리아스》를 읽기 시작했는데 예상과 전혀 달랐다. 굉장히 세련되고 현대적인 작품이었다"고 평가했습니다. 기원전 전쟁 이야기를 지금 읽을 만한 이유는 뭘까요?

전쟁에는 영웅도 영광도 없다

'일리아스'는 '일리오스에 관한 이야기'라는 뜻이고, 일리오스는 트로이의 다른 이름입니다. 다시 말해 '일리아스'란 '트로이 이야기'인데, 기원전 12세기 그리스와 도시 국가 트로이 간에 벌어진 트로이전쟁을 다뤘습니다.

트로이전쟁 이야기라고 하면 영웅담이나 전투 장면부터 떠올리기 쉽습니다. 하지만 《일리아스》 속 전쟁에는 영웅도 영광도 없습니다. 살육의 현장을 마냥 찬양하지 않아요.

이 작품은 10년간 끌어온 트로이전쟁 막바지 며칠 간의 얘기입니다. 병사들은 지쳤고 그 와중에 역병까지 돌고 있습니다. 애초에 신들의 다툼과 내기로 시작된 전쟁. 신들은 전능하지만 우스꽝스럽고, 전쟁은 지지부진합니다.

작품 시작부터 바다의 여신 테티스의 아들인 아킬레우스는 '파업' 중이에요. '전리품'으로 취한 여자 포로를 뺏겨 화가 잔뜩 났습니다. 결국 그의 벗 파트로클로스가 아킬레우스의 갑옷을 입고 출전했다가 트로이 왕자 헥토르의 손에 죽고 맙니다.

분노한 아킬레우스는 헥토르를 죽인 뒤 그를 모욕합니다. 시신을 전차에 매달아 흙먼지를 일으키며 끌고 다닙니다.

헥토르의 아버지이자 트로이의 왕인 프리아모스는 그날 밤, 선물을 들고 홀로 아킬레우스의 막사를 찾아갑니다. 그리고 당황하는 아킬레우스의 손에 입 맞추죠. 자기 아들을 죽이고 욕보인 그 손입니다. 그는 아들의 시신을 돌려달라고 정중하게 부탁합니다.

아킬레우스는 자신의 아버지를 떠올리며 통곡합니다. 그는 헥토르의 시신을 돌려보내고 장례 기간 동안 전쟁을 멈춥니다. 작품은 트로이 사람들이 헥토르의 장례식을 치르는 장면으로 끝납니다.

《일리아스》를 한마디로 말하면 신의 분노로 시작해 인간의 연민으로 끝나는 이야기입니다. 서사시의 첫 문장은 "노여움을 노래하소서, 여신이여, 펠레우스의 아들 아킬레우스의 노여움을!"(15쪽)인데, 마지막 문장은 이렇습니다. "그들은 이렇게/말을 길들이는 헥토르의 장례식을 치르며 바지런히 애쓰고 있었다." (754쪽)

세간의 오해와 달리 '트로이 목마' 작전으로 트로이를 함락시키는 장면은 《일리아스》에 나오지 않아요. 질투하고 분노하고 토라지는 너무나 인간적인 신들, 그리고 전쟁과 죽음 앞에 선 사람들의 다양한 태도를 통해 삶을 성찰하게 만들 뿐입니다.

그중 테르시테스는 두고두고 '문제적 인간'으로 거론되는 등장인물입니다. 마텔도 이 인물에 주목했어요. 그는 '일리오스에서 온 사람들 중에서 가장 못생긴 자'였고 '다리는 휜 데다가 한쪽 발은 절고, 두 어깨마저 휘어 가슴 쪽으로 굽어 있는' 사람이었죠. 테르시테스는 희랍 동맹군 수장 아가멤논을 향해 '우두머리나 되어서 아키아인(희랍인)들의 아들들을 재앙으로 이끌고 가는 건 가당치 않은 일'이라고, 이 전쟁이 부당하다고 유일하게 직언합니다.

오뒷세우스의 황금 지휘봉에 얻어맞고 이야기 속에서 사라진 테르시테스는 그러나 후대 철학자들의 눈길을 사로잡습니다. 철학자 게오르크 헤겔(Georg Hegel)은 그를 평민의 대변자라 봤고, 마르크스와 니체 등도 그를 높이 평가해 '테르시테스주의'라는 용어까지 생겼습니다.

장수가 아닌 아버지 헥토르의 모습을 그린 대목도 인상적인 장면 중 하나입니다. 전쟁이 한창인 어느 밤, 헥토르는 부인 안드로마케가 데려온 갓난아이를 안기 위해 팔을 뻗습니다. 아기는 아버지가 쓴 투구에 달린 말총이 흔들리는 모습을 보고 겁을 먹고, 그 모습에 헥토르와 안드로마케는 그만 웃음을 터뜨립니다. 헥토르는 자신의 자존심이자 수호자인 투구를 벗어 땅에 내려놓은 뒤 아들을 두 팔로 안아 어르면서 '제 아이가 아비보다 뛰어난 남자가 되도록 해달라'고 제우스에게 기도합니다.

은유의 향연이 고전의 내공을 증명합니다. 전쟁의 여신 아테네가 전투에 개입했다는 뜻을 《일리아스》는 이렇게 풀어 전달해요. "아테네는/자신의 손으로 직접 공들여 만든 형형색색의 고운 옷을/아버지의 방바닥에 벗어 던지더니,/구름을 모아들이는 제

우스의 옷을 입고는/눈물 어린 전쟁 속으로 들어가기 위해 무장을 갖추었다."(175쪽)

《일리아스》는 양이 방대하고 표현이 시적이라 번역이 까다로운 작품입니다. 그간 우리말 번역본은 고 천병희 교수의 책이 유일했는데, 40여 년 만인 2023년 고전학자 이준석 교수가 이 작품을 새롭게 번역해 내놨습니다. 친절한 주석이 독자의 이해를 도와줍니다.

사과 한 알에서 시작된 전쟁

이토록 전설적인 트로이전쟁이 시작된 장소는 다름 아닌 결혼식이었습니다. 이렇게만 말하면 불륜이나 치정극 같은 걸 상상하게 되는데, 실상은 더 유치해요.

때는 여신 테티스와 펠레우스의 결혼식. 불화의 여신 에리스는 이 결혼식에 초대받지 못했습니다. 세상 그 어떤 신랑과 신부가 불화의 여신을 결혼식에 부르고 싶겠어요. 하지만 에리스는 온갖 신들이 모이는 잔치에 자기만 빼놓았다는 사실에 단단히 삐지고 말았습니다. 그녀는 복수를 위해 결혼 피로연이 벌어지는 한복판에 '가장 아름다운 여신에게'라고 새긴 황금사과를 던집니다. 이 사과를 두고 제우스의 부인인 헤라, 전쟁과 지혜의 여신 아테네, 아름다움과 사랑의 여신 아프로디테 셋이 서로 자기 거라며 다툽니다.

싸움이 끝날 기미가 안 보이자, 이들은 제우스에게 판결을 부탁합니다. 하지만 그가 어떤 답을 내놔도 나머지 두 명의 여신에게 원한을 사게 되겠죠. 제우스는 이 골치 아픈 문제를 양치기 파리스에게 떠넘깁니다. 파리스는 트로이의 왕자지만 그 때문에 트로이가 멸망할 거라는 예언이 있어 산에 버려진 뒤 평범한 양치기로 자라났습니다.

이제 세 여신은 파리스 앞에서 서바이벌 오디션을 벌입니다. 각자의 아름다움을 뽐내다 급기야 공약을 내걸어요. 자신을 선택한다면 헤라는 지상 최고의 권력을, 아테네는 누구보다 뛰어난 지혜를 주겠다고 했고, 아프로디테는 세상에서 가장 아름다운 여인을 부인으로 맞게 해주겠다고 말합니다.

파리스의 선택은 아프로디테였습니다. 이 '파리스의 심판'은 트로이전쟁으로 이어집니다. 그리스 최고의 미녀 헬레네는 이미 스파르타의 왕 메넬라오스와 결혼한 유부녀였는데, 아프로디테가 헬레네와 파리스 두 사람이 서로 첫눈에 반해 사랑의 도피를 하도록 만들었거든요. 왕비를 빼앗긴 메넬라오스는 분노해 그의 형이자 미케네의 왕인 아가멤논을 찾아가고, 함께 그리스연합군을 꾸려 트로이와 전쟁을 벌입니다. 이 과정에서 무수한 사람들이 목숨을 잃고 트로이는 몰락했죠. 한 나라를 멸망시킨 끔찍한 전쟁이 고작 사과 한 알에서 시작된 겁니다.

스탠리 큐브릭과 미야자키 하야오도 읽었다

《일리아스》의 저자 호메로스의 정체는 전설에 가깝습니다. 기원전 8세기경 고대 그리스에서 활동한 작가로, 시각 장애가 있는 음유시인이었다고도 합니다. 《일리아스》와 더불어 인류 최고(最古)의 서사시로 꼽히는 《오뒷세이아》 역시 그의 작품으로 전해지고요. 하지만 호메로스가 어디서 태어나 어떻게 살다 간 인물이었는지, 두 서사시를 정말 그가 썼는지는 확실치 않습니다.

그러나 그가 남겼다는 작품들이 문학, 나아가서 예술계에 지대한 영향을 미친 건 분명한 사실입니다. 이타카의 왕 오뒷세우스가 10년에 걸친 트로이전쟁을 마치고 다시 10년 동안 고향으로 돌아가는 여정을 그려낸 《오뒷세이아》는 여러 장르로 재창작됐습니다. 제임스 조이스(James Joyce)는 오뒷세우스의 라틴어식 이름을 제목으로 삼아 소설 《율리시스》를 썼고, 이 이야기는 20세기 최고의 영문학 작품으로 추앙받게 됐죠. 큐브릭 감독의

영화 〈2001: 스페이스 오디세이〉는 제목
과 내용 모두 《오뒷세이아》를 뿌리로 삼
고 있습니다. 미야자키 하야오(宮崎駿)의
애니메이션 〈바람계곡의 나우시카〉에서
'나우시카'는 《오뒷세이아》에서 오뒷세우
스를 구해준 공주의 이름이고요.

호메로스의 흉상.

　《일리아스》도 마찬가지입니다. 마텔
뿐만 아니라 이 작품을 재해석 또는 재창조하려는 예술가들이
많아요. 미국 소설가 매들린 밀러(Madeline Miller)는 《키르케》와
《아킬레우스의 노래》에서 각각 여성과 아킬레우스의 친구를 화
자로 삼아 이 작품을 재구성했습니다. 저자 호메로스의 생애가
베일에 싸인 것도 상상력을 자극했겠죠. '그 어떤 인간도 죽음을
피할 수 없다'고 말하는 《일리아스》는 그렇게 수 세기 동안 살아
남아 사랑받는 고전이 됐습니다. 어쩌면 인간이 신처럼 불멸의
존재로 남는 방법은 매력적인 이야기를 남기는 것인지도 모르겠
습니다.

《파우스트》

요한 볼프강 폰 괴테

악마에게 영혼도 팔겠다는
이에게

국어 교과서에서 세종대왕의 이름이 사라진다면 무슨 일이 벌어질까요? 훈민정음 창제를 둘러싼 이야기를 더는 학교에서 배우지 않는다면? 혹은 《홍길동전》이 교과 과정에서 빠진다면? 관공서의 서류 작성 예시마다 이름 칸에 등장하는 '홍길동'이 낯설어지겠죠.

독일에서 비슷한 일이 벌어졌습니다. 2022년 바이에른주 정부가 고등학교 독일어 교과 과정을 개편하면서 필독서 항목을 없앴거든요. 필독서라고 해봐야 달랑 한 권, 괴테의 희곡 《파우스트》(요한 볼프강 폰 괴테, 장희창 옮김, 을유문화사, 2015)였습니다. 결국 모든 학생이 《파우스트》를 읽을 필요는 없다는 의미였죠.

각계의 항의가 이어졌어요. 주 정부는 "교사가 참고 도서로 채택할 수 있다"고 해명했지만, 독일 언론은 '파우스트 공황'이라고까지 표현했습니다. 《파우스트》가 독문학사에서 얼마나 중요한 자리를 차지하는지 보여주는 사건입니다.

《젊은 베르테르의 슬픔》으로 유명한 독일 문학의 거장 괴테는 1773년부터 1831년까지, 장장 58년간 《파우스트》를 썼습니다. 1만 2111행의 대작이에요. '악마에게 영혼을 팔아서라도'라는 말의 원조가 바로 이 작품입니다.

악마와 내기를 벌인 인간

주인공 파우스트는 늙은 학자입니다. 그는 평생 세상의 진리를 탐구했습니다. 이 세계를 구성하는 건 대체 뭔지, 인간이란 무엇이며 선과 악은 또 무엇인지……. 그러나 아무리 많은 책을 읽고 오랫동안 공부해도 세상의 비밀을 모두 알 수는 없다는 사실을 깨닫자 절망하고 맙니다. "아아, 나는 철학도 법학도, 의학도,/유감스럽게 신학마저도!/속속들이 공부했다, 죽을힘을 다해./그런데도 난 여전히 가련한 바보!/이전보다 나아진 게 없어. (……) 우리가 아무것도 알 수 없다는 것만 확인하다니!"(31~

32쪽)

절규하는 파우스트 앞에 악마 메피스토가 나타납니다. 현세에서 쾌락을 마음껏 누리게 해줄 테니 훗날 저승에서 자신의 시중을 들라고 제안합니다. 어차피 죽은 뒤는 알 수 없는데, 살아서 남들이 못 누리는 행복감과 만족감을 얻을 수 있다면 남는 장사처럼 느껴지죠. 파우스트는 '악마와의 계약'을 수락합니다. 그러면서 조건을 하나 겁니다. "내가 순간을 향하여 멈추어라! 너 정말 아름답구나! 하고 말한다면,/그땐 나를 사슬에 묶어도 좋아./기꺼이 파멸의 길을 갈 것이네!"(105쪽) 파우스트가 극한의 만족감을 느끼도록 만들어준다면 죽은 뒤에 영혼을 넘겨주겠다는 얘기였습니다.

악마는 내기에서 이기기 위해 파우스트를 쾌락의 길로 안내합니다. 파우스트는 메피스토의 마법을 등에 업고 권력과 젊음을 거머쥡니다. 그러나 메피스토는 천사가 아니라 악마라는 사실을 잊지 말아야겠죠. 파우스트가 맛보는 쾌락은 고통을 동반합니다. 어쩌면 그것이 세상의 진리일지도 모르겠군요.

마녀의 약으로 젊어진 파우스트가 소녀 마르가레테(그레트헨)과 맺은 사랑은 파국으로 치닫습니다. 두 사람이 밀애를 즐기려 그레트헨의 엄마를 잠재운다는 게 그만 수면제를 너무 많이 먹여 죽게 되고, 그레트헨의 혼전 임신에 분노한 오빠는 파우스트와 대결하던 와중에 칼에 찔려 숨을 거둡니다. 둘이 함께한 사랑인데 왜 그 책임은 신분이 더 낮은 여자인 그레트헨만 져야 하는 걸까요. 그녀는 자신의 아이를 물에 빠뜨려 익사시키고 감옥에 갇혔다가 사형에 처해집니다.

그뿐만이 아닙니다. 파우스트는 모두를 위한 지상 낙원을 짓겠다며 대규모 간척 사업을 벌이다가 무고한 노부부를 죽음으로 내몰고 맙니다.

인간은 노력하는 한 방황한다

다시 나이를 먹고 두 눈이 멀어버린 파우스트는 악마가 무덤을 파는 소리를 듣고 지상 낙원을 향한 공사가 착착 진행 중인 것으로 오해합니다. 급기야 금기의 문장을 내뱉습니다. "멈추어라, 그대는 너무도 아름답구나!"(728쪽) 파우스트가 이렇게 말하면 악마에게 영혼을 넘기기로 약속했는데 어쩌죠. 메피스토가 기어이 승리한 걸까요?

이후의 전개는 메피스토의 기대와 사뭇 다릅니다. 파우스트의 영혼을 데려가는 건 악마가 아니라 천사들입니다. 이들이 하늘에서 내려와 그를 인도합니다. 악마의 유혹에 빠져 방황하던 인간이 승천하다니. 어리둥절하다면 작품 맨 앞으로 돌아가볼까요. 《파우스트》 도입부에서 메피스토는 신에게 파우스트를 타락시킬 수 있을지 내기를 하자고 제안합니다. 신은 이 내기를 수락하며 말합니다. "인간은 노력하는 동안엔 방황하는 법이니까." (26쪽)

이 작품은 권선징악이라는, 흔히 고전이라고 하면 떠올리는 단순한 공식을 비껴갑니다. 이 공식에 따르면 착한 사람은 상을 받고 악한 사람은 벌을 받아야 합니다. 악마와 계약을 맺고 쾌락을 좇은 파우스트는 벌받아 마땅한 악의 영역에 속하는 것처럼 보입니다. 특히 중세 기독교의 정통 교리대로라면 파우스트는 구원이 가능한 대상이 아닐 테죠.

《파우스트》는 다릅니다. 악의 유혹에 빠졌다고 징벌하지 않아요. 이상을 좇는 인간의 노력은 물론 좌절까지도 축복합니다. 인간이란 존재는 불완전하므로 참된 삶을 찾는 과정에서 시행착오를 겪을 수 있다고, 누구나 실수는 한다고 인정하는 거죠. 그리고 그런 시도 자체를, 삶의 진실을 찾으려 하는 인간을 긍정합니다.

괴테는 작품 속 시인의 입을 빌려 이렇게 노래했습니다. "모든 존재의 조화롭지 못한 많은 것들이/뒤죽박죽 역겨운 소리를 내며 울릴 때,/그 누가 단조롭게 흘러가는 그 행렬에다/생기를 불어넣고, 리듬에 맞추어 약동케 하나요? (……) 그 누가 이름 모를 푸른 잎을 엮어/온갖 공적을 기리는 영예의 화관으로 만드나요?/그 누가 올림포스산을 지키고, 그 누가 신들을 하나로 화합케 하나요?/그것은 바로, 시인을 통해 계시되는 인간의 힘이지요."(16~17쪽) 인간은 불완전하고 생은 쓸모없어 보이지만, 인간은 생의 가치를 이해하고 의미를 부여하려 노력합니다. 인간이 인간의 의미를 이해하기 위한 그런 노력 중 하나가 문학이겠지요. 이 메시지가 《파우스트》를 21세기에도 여전히 낡지 않는 작품으로 만듭니다.

파우스트를 닮은 괴테

《파우스트》를 쓴 괴테는 파우스트처럼 세상의 진리를 찾아 헤맸습니다. 그는 시인이자 극작가, 정치가, 과학자였습니다.

1749년 프랑크푸르트에서 법률가의 아들로 태어난 괴테는 라이프치히 대학교에 입학해 법학, 철학, 의학을 공부했습니다. 건강이 안 좋아져 고향으로 돌아온 그는 중세 연금술 등 법률 외의 공부에 빠져듭니다. 마치 파우스트가 연금술을 탐독하듯이요.

변호사로 일하던 젊은 괴테는 풋사랑을 겪은 뒤 짝사랑 문학의 고전, 《젊은 베르테르의 슬픔》으로 문단에 이름을 떨칩니다. 오늘날에도 널리 읽히는 작품이죠. 유명인이 스스로 생을 마감한 뒤 이를 모방하는 '베르테르 증후군'이 여기서 나온 말이고, 롯데그룹 신격호 회장은 이 작품을 읽고

요세프 카를 슈틸러(Joseph Karl Stieler), 〈요한 볼프강 폰 괴테〉, 1828, 노이에 피나코텍 미술관.

여주인공 이름 샤를로테를 따 회사 이름을 지었다고 합니다.

괴테는 1773년에 《파우스트》 집필을 시작합니다. 그는 어려서 옛날 이야기책을 통해 악마에게 영혼을 파는 괴짜 파우스트 박사 이야기를 알았고, 여기에 갖가지 설화와 상상력을 더해 자신만의 《파우스트》를 쓰고자 했습니다.

괴테가 작품을 완성하기까지는 오랜 시간이 필요했습니다. 유명 작가가 된 이후에도 작품 활동에만 집중하기엔 지나친 능력자였어요. 1775년 바이마르공화국을 방문한 그는 이곳의 재상까지 지내며 관료 생활을 하느라 창작 활동을 10년 남짓 멈춥니다. 그러다 이탈리아 여행 후 다시 글을 쓰기 시작해 1831년에 마침내 《파우스트》를 완성합니다. 필생의 역작을 완성한 괴테는 이듬해인 1832년 세상을 떠납니다.

《안티고네》

소포클레스

왕의 명령을
어길 결심

'3대에 걸쳐 지적 장애인이 태어났다면 강제 불임 수술로 출산을 막는 게 옳다.' 술 취해 뱉은 말실수라고 해도 욕먹을 이 말은 미국 연방대법원의 판결문입니다. 1927년 내려진 이른바 벅 대 벨(Buck v. Bell) 판결은 미국 사법 사상 최악의 판례로 남아 있습니다.

소송의 원고는 캐리 벅(Carrie Buck). 그녀는 지적 장애인 어머니가 수용소에 갇히면서 어느 가정으로 입양됩니다. 그곳에서 양부모의 조카에게 성폭행당해 원치 않는 임신을 합니다. 성범죄 피해자인 벅은 거꾸로 지적 장애가 있다는 공격을 받아 수용되고 딸도 빼앗깁니다. 수용소장은 벅의 갓난아기도 지적 장애가 의심된다며, 벅이 강제 불임 수술을 받아야 한다고 주장합니다. 당시 버지니아주에서 지적 장애가 있는 사람에게는 본인의 의사와 상관없이 불임 수술을 할 수 있는 '단종법'이 통과됐거든요. 끔찍한 역사죠.

벅은 이에 맞서는 소송을 내서 연방대법원까지 갔지만 패소했습니다. 그 결과 단종법은 미국 전역으로 확산합니다. 몇 년 뒤 독일에서 우생학을 신봉하는 독재자가 등장했습니다. 그의 이름은 아돌프 히틀러. 히틀러는 권력을 잡은 뒤 단종법을 선포합니다. '열등한 유전자'를 이유로 들어 무고한 사람들을 집단학살하고, 강제 불임 수술을 자행했습니다. 이후 나치 전범들은 재판에서 벅 대 벨 판결을 인용하며 자신들의 잔혹한 행위를 합리화합니다.

연방대법원의 판결은 겉으로 보기에는 합법입니다. 일단 법적 절차를 지켰어요. 주와 연방의 각급 법원을 오가고 최종심까지 거쳤죠. 연방대법관들이 내린 결론이니 모든 국민이 따르는 게 맞을까요? 그렇게 만든 사회는 모두에게 정의롭다고 말할 수 있을까요? "아니요"라고 외친 수많은 이들의 희생과 투쟁 끝에, 1974년에야 미국에서 단종법이 폐지됩니다.

인간은 어울려 살아가기 위해 많은 장치를 만들었습니다. 법도 그중 하나입니다. 법치주의가 등장하기 전에는 통치자의 명령이 세상의 질서로 작동했고요. 이 질서가 폭력으로 나타날 때 우리는 "아니요"라고 외칠 수 있을까요?

고대 그리스 시인 소포클레스(Sophocles)의 희곡 《안티고네》 (소포클레스·아이스킬로스, 《오이디푸스 왕·안티고네 외》, 천병희 옮김, 문예출판사, 2010)는 왕의 명령, 통치자가 세운 질서에 반대하는 인간을 통해 정의란 무엇인지 묻습니다. 정반합의 철학자 헤겔, 인간의 언어와 심리를 탐구한 정신분석학자 자크 라캉(Jaques Lacan) 등 저명한 학자들이 이 이야기에 주목한 까닭입니다.

오이디푸스의 딸, 왕에 맞서다

주인공 안티고네는 테베의 왕 오이디푸스와 그의 어머니이자 아내, 이오카스테 사이에서 태어난 딸입니다. 두 대목에서 멈칫하셨을 거예요. 잠깐, 오이디푸스라고? 맞아요. 프로이트를 세계적 심리학자로 만들어준 '오이디푸스 콤플렉스'의 그 오이디푸스입니다. 그리고 '어머니이자 아내'라니…… 오이디푸스가 왜 어머니를 아내로 맞게 됐는지 궁금하다면, 소포클레스의 또 다른 비극 《오이디푸스 왕》에서 그 답을 찾을 수 있습니다.

다시 《안티고네》 얘기로 돌아가면, 이 작품은 시체 한 구를 둘러싸고 벌어지는 이야기입니다. 오이디푸스의 두 아들, 즉 안티고네의 두 오빠 에테오클레스와 폴리네이케스는 왕좌를 두고 다투다가 서로를 죽이고 맙니다. 폴리네이케스는 왕위 다툼에 외국의 군대를 끌어들이는 짓을 저지릅니다.

두 왕자의 죽음 이후 왕의 자리를 차지한 숙부 크레온은 에테오클레스를 위해서는 성대한 장례식을 치러주지만, 폴리네이케스의 시체는 묻지조차 못하도록 명합니다. 그리고 이 명령을 어기면 사형에 처할 거라고 엄포를 놓습니다. "아무도 그에게 장례를 베풀거나 애도하지 말고,/새 떼와 개 떼의 밥이 되고 치욕스런 광경이 되도록/그의 시신을 묻히지 않은 채 내버려두라고 말이오./그것이 내 뜻이오."(331~332쪽) 외세를 끌어들인 폴리네이케스는 반역자, 이에 맞선 에테오클레스는 애국자라는 거죠. 그러니 누가 감히 폴리네이케스의 장례를 지내겠다고 나설 수 있을까요?

그러나 안티고네는 크레온의 명령을 어기고 오빠 폴리네이케스의 시신을 정성껏 수습합니다. 크레온은 안티고네의 행동이 자신의 권위에 도전하는 거라 보고 크게 분노합니다. 이제 그의 관심사는 국가의 안녕이 아닙니다. 왕에게 도전하는 자를 처단하고 싶을 뿐입니다. 아들인 하이몬의 만류에도 '국가는 통치자의 것'이고 '불복종보다 큰 악은 없다'며 안티고네를 산 채로 돌

무덤에 가둡니다. 그러자 예언자 테이레시아스는 크레온에게 '살아 있는 자를 무덤 속에 살게 하고 지하 세계에 가야 할 시신을 욕보이며 지상에 붙잡아두면 집안에서 울음소리가 날 것'이라고 경고합니다.

크레온은 뒤늦게 안티고네를 풀어주러 가지만, 안티고네는 이미 목을 매 스스로 목숨을 거둔 뒤였습니다. 안티고네의 약혼자이자 크레온의 아들인 하이몬은 그녀를 따라 죽어버립니다. 아들이 죽었다는 소식에 크레온의 부인 에우리디케마저 자살합니다. 참혹한 비극 앞에 크레온은 신을 향해 차라리 자신을 죽여달라 울부짖습니다.

법 대 법

헤겔과 라캉을 비롯해 '동유럽의 기적'으로 불리는 슬로베니아 출신의 세계적 철학자 슬라보이 지제크(Slavoj Žižek), 미국의 철학자이자 젠더 이론가인 주디스 버틀러(Judith Butler) 등이 저서에서 안티고네를 언급하고 연구했습니다. 헤겔은 안티고네를 "지상에 나타난 인물 중 가장 고결하다"고 극찬하기도 했고요. 왜 안티고네는 무수한 학자들의 마음을 사로잡았을까요?

안티고네는 법을 어김으로써 법의 목적과 윤리에 대해 질문을 던지는 인물입니다. 그녀는 작품 속에서 두 사람과 설전을 벌입니다. 첫 번째는 자신의 동생 이스메네예요. 이스메네는 국법과 다름없는 크레온의 명령을 어기고 오빠의 장례를 지내려는 안티고네를 만류합니다. 그러면서 "내게는 국가에 대항할 힘이 없어요"(322쪽)라고 말합니다. 안티고네는 그에게 "그건 네 핑계"라며 "나는 가서 사랑하는 오라버니를 위하여 무덤을 쌓겠어"라고 대꾸합니다.

폴리네이케스의 시신을 묻어줬다가 발각된 안티고네는 크레온과 언쟁을 벌입니다. 크레온 앞에 끌려온 그녀는 왕의 법을 알고도 어겼다고 모든 혐의를 순순히 인정합니다.

> 크레온 너는 그렇게 하지 말라는 포고가 내려졌다는 사실을 알고 있었느냐?
>
> 안티고네 알고 있었습니다. 공지 사실인데 어찌 모를 리가 있겠습니까?
>
> 크레온 그런데도 너는 감히 법을 어겼단 말이냐?(344쪽)

그러나 자신의 행위가 잘못됐다고 고개 숙이진 않아요. 안티고네는 왕의 법은 '신(제우스)이 만든 법'이 아니고, 정의의 여신도 사람들 사이에 이런 법을 세우지는 않는다고 항변합니다.

이때 두 사람은 모두 법과 정의를 말하지만, 서로 의미하는 바가 다릅니다. 크레온에게 법이란 통치자의 명령, 정의란 그 명령을 따르는 일입니다. 그는 복종을 강조합니다. 국가의 이익과 질서를 중시하는 그가 보기에 폴리네이케스는 '나쁜 자'입니다. 왕좌에 앉기 위해 외국군을 개입시켜 나라에 혼란을 불러일으켰으니까요. 왕으로서 크레온은 폴리네이케스 같은 인물이 다시 등장하는 걸 더더욱 막고 싶습니다. 아무도 왕의 자리를 탐내서는 안 되기 때문입니다. 그래서 그는 폴리네이케스의 장례를 금지하는 명을 내립니다. 하지만 크레온은 명령 그 자체에 매몰됩니다. 이미 죽은 자를 국민을 위험에 빠뜨렸다는 명목으로 처단하려다 살아 있는 국민, 안티고네를 죽음으로 내모는 거죠.

반면 안티고네는 나라의 법을 따르는 것만으로는 정의로워질 수 없다고 생각합니다. 그녀를 움직이는 것은 양심의 명령, 자연법입니다. 그녀는 왕이 정한 규칙과 징벌이 아니라 자신의 신념에 귀 기울여 폴리네이케스의 장례를 치릅니다. 모든 인간의 죽음에는 애도의 절차가 필요하다고, 그것이 신의 뜻이라고 믿기 때문입니다. 크나큰 잘못을 저지른 인간의 주검이라 할지라도 짐승의 사체와는 다른 방식으로 존중하는 게 맞다고요. 자신이 믿는 정의를 위해 왕의 명령도 어깁니다.

크레온이 '왜 나라의 적이나 다름없는 형제의 장례를 치렀냐'고 다그치자 안티고네는 말합니다. "나는 서로 미워하기 위해서가 아니라, 서로 사랑하기 위해서 태어났어요."(351쪽) 이런 그녀에게서 인권, 박애주의의 단서를 발견하는 것이 무리한 해석은 아닐 겁니다. 이 작품의 2막을 시작하며 부르는 이른바 〈인간 찬양의 합창〉이 유명한데, "무시무시한 것이 많다 해도/인간보다 더 무서운 것은 없다네/그는 사나운 겨울 남풍 속에서도/잿빛 바다를 건너며/내리 덮치는 파도 아래로 길을 연다네"(339~340쪽)라는 노랫말은 인간을 경이로운 존재로 그립니다. 어쩐지 안티고네의 편을 들어주는 것 같죠? 성난 통치자의 명령은 세찬 겨울바람처럼 매섭지만, 어떤 인간은 그 바람에 맞서며 새로운 길을 냅니다. 이렇게 크레온과 안티고네의 갈등을 작품의 핵심으로 파악하고 '실정법(사회법) 대 자연법(양심)' '국가의 이익 대 개인의 권리'로 바라보는 게 헤겔의 관점이라고 할 수 있습니다.

안티고네를 '동의할 수 없는 국가에 맞서는 근대적 인물'로 해석하면, 이 작품의 의미는 '저항권'으로 이어집니다. 오늘날 많은 민주주의 국가에서는 반인권적 법이나 체제에 저항할 수 있는 권리를 인정하고 있습니다. '저항권'이라는 단어를 적어두진 않았지만 대한민국 헌법도 "유구한 역사와 전통에 빛나는 우리 대한국민은 3·1운동으로 건립된 대한민국임시정부의 법통과

불의에 항거한 4·19민주이념을 계승"한다는 말로 시작합니다. 대통령 같은 국민의 대리자가 헌법을 비롯한 법률을 어기면 탄핵할 수 있습니다. 현행법이나 그 집행이 헌법의 가치에 어긋날 경우 헌법재판소에서 새로운 판단을 받을 수 있는 시스템도 갖췄습니다.

그런데 안티고네는 발칙하게도 기원전 그리스의 도시 국가 테베에서 '왕의 법도 틀렸을 수 있다. 그러므로 양심에 따라 왕의 법을 거부할 권리가 있다'고 말하는 겁니다. 그래서 인권운동가 넬슨 만델라(Nelson Mandela)는 안티고네를 그릇된 통치자 혹은 질서에 대한 투쟁을 상징하는 인물로 여겼습니다.

국가를 앞세운 통치자의 명령은 법이 될 수 있을까요? 법을 어기는 정의는 정의일까요? 혹은 법의 테두리 안에 머물 때만 정의로운 걸까요? 개인의 정의와 국가의 정의가 충돌할 때 우리는 어떤 선택을 해야 할까요? 이 고전이 품고 있는 질문은 현재의 민주주의 사회에서도 여전히 논쟁적입니다.

안티고네와 크레온의 대립은 여성과 남성, 감성과 이성, 개인과 국가 등 다양한 관점에서 해석됩니다. '혈연 공동체(가족) 대 사회 공동체(국가)'의 틀에서 이해하기도 하고요. 반면 버틀러 같은 페미니스트 학자들은 안티고네가 전통적 친족 체계를 수호하기보다 오히려 거기서 일탈하는, 복잡한 존재이기 때문에 의

미가 있다고 봅니다. 안티고네는 오이디푸스의 딸이면서 여동생이고, 아버지를 돌보는 역할을 맡은 여성이면서 당대에 남성이 도맡던 장례라는 공적 업무를 수행하는 인물이기 때문입니다.

그리스 비극을 완성한 작가

기원전 496년경 그리스 아테네 근교에서 태어난 소포클레스는 아이스킬로스, 에우리피데스와 함께 고대 그리스의 3대 비극 작가로 꼽힙니다. 기원전 441년 창작된 것으로 전해지는 《안티고네》를 비롯해 《오이디푸스 왕》 《아이아스》 《트라키스의 여인들》 등을 남겼습니다.

소포클레스는 희곡의 역사를 말할 때 빼놓을 수 없는 인물입니다. 내용의 완성도뿐만 아니라 형식의 측면에서도 '그리스 비극의 완성자'로 통합니다. 그의 비극에서는 신의 뜻보다 인간의 의지에 주목해 이야기를 펼칩니다. 아리스토텔레스가 《시학》에서 비극의 모범으로 소포클레스의 작품들을 언급하는 까닭입니다.

그는 '세 번째 배우'를 도입한 주인공이기도 합니다. 아이스킬로스 때까지는 비극에서 두 명의 배우가 대사를 주고받는 게 정석이었어요. 소포클레스는 여기에 세 번째 배우를 등장시키고, 합창대를 12명에서 15명으로 늘려 극의 규모를 키웠습니다. 고대 아테네에서는 봄마다 디오니소스 축제를 크게 열고 비극을 무대에 올렸는데, 소포클레스는 여기서 여러 차례 수상하며 이름을 드높입니다.

소포클레스의 흉상, 푸시킨 박물관, ©Shakko.

그는 기원전 406년 가을에서 405년 초 사이에 90세로 세상을 떠났다고 합니다. 사인에 대해서는 포도를 먹다가 질식사했다는 이야기, 《안티고네》의 긴 단락을 쉬지 않고 큰 소리로 읽다가 과로사했다는 이야기, 자신의 작품이 연극제에서 우승한 것을 기뻐하다가 죽었다는 이야기 등 여러 일화가 전해집니다.*

소포클레스가 건설한 비극의 왕국에서는 왕도 영웅도 실패합니다. 번영의 시대, 그리스인들은 소포클레스의 비극을 관람하며 몰락을 대리 경험하고 인간의 운명과 욕망에 대해 고찰했을 테지요. 《안티고네》에서 하이몬은 크레온의 마음을 돌리려 노력하며 '나만 옳고 나는 절대 실패하지 않는다고 믿는 이는 실패

* 천병희, 《그리스 비극의 이해》, 문예출판사, 2002, 86쪽.

한다'고 간곡하게 말합니다. 하이몬의 말은 아테네인들이 풍요의 신을 기리는 디오니소스 축제에서 굳이 비극을 상연한 이유를 담고 있습니다. 인간은 누구나 실패할 수 있음을 기념하기 위해서. 고통에서 희망을 발견하기 위해서. 그리고 이건 인류가 문학을 사랑해온 이유입니다.

참고문헌

책

가스통 르루, 《오페라의 유령》, 최인자 옮김, 문학동네, 2018.

김연경, 《19세기 러시아 문학 산책: 근대, 인간, 소설, 속악》, 민음사, 2020.

김재혁, 《릴케의 시적 방랑과 유럽 여행: 예술과 종교의 풍경 속으로》, 고려대학
    교출판문화원, 2019.

단테 알리기에리, 《신곡》, 김운찬 옮김, 열린책들, 2022.

라이너 마리아 릴케, 《두이노의 비가 외》, 구기성 옮김, 민음사, 2001.

_____, 《릴케 시집》, 송영택 옮김, 문예출판사, 2014.

레프 똘스또이, 《안나 까레니나》, 이명현 옮김, 열린책들, 2018.

레프 톨스토이, 《안나 카레니나》, 이명현 옮김, 열린책들, 2024.

루이자 메이 올컷, 《작은 아씨들》, 허진 옮김, 열린책들, 2022.

류시화, 《시로 납치하다》, 더숲, 2018.

마거릿 미첼, 《바람과 함께 사라지다》, 안정효 옮김, 열린책들, 2010.

막스 브로트, 《나의 카프카: 카프카와 브로트의 위대한 우정》, 편영수 옮김, 솔출
    판사, 2018.

메리 셸리, 《프랑켄슈타인(일러스트)》, 김선형 옮김, 문학동네, 2024.

_____, 《프랑켄슈타인》, 박아람 옮김, 휴머니스트, 2022.

박상진, 《단테: 내세에서 현세로, 궁극의 구원을 향한 여행》, 아르테, 2020.

버지니아 울프, 《자기만의 방》, 이미애 옮김, 민음사, 2016.

블라디미르 나보코프, 《나보코프의 러시아 문학 강의》, 이혜승 옮김, 을유문화사, 2022.

＿＿＿, 《말하라, 기억이여》, 오정미 옮김, 플래닛, 2007.

빅토르 위고, 《레 미제라블》, 정기수 옮김, 민음사, 2012.

소포클레스·아이스킬로스, 《오이디푸스 왕·안티고네 외》, 천병희 옮김, 문예출판사, 2010.

안톤 체호프, 《체호프 희곡 전집》, 김규종 옮김, 시공사, 2010.

알렉상드르 뒤마, 《몬테크리스토 백작》, 오증자 옮김, 민음사, 2002.

알베르 카뮈, 《이방인》, 김화영 옮김, 민음사, 2019.

＿＿＿, 《페스트》, 김화영 옮김, 민음사, 2011.

알베르 카뮈·장 그르니에, 《카뮈-그르니에 서한집: 1932~1960》, 김화영 옮김, 책세상, 2012.

어니스트 헤밍웨이, 《노인과 바다》, 이종인 옮김, 열린책들, 2012.

에리히 프롬, 《사랑의 기술》, 황문수 옮김, 문예출판사, 2019.

요한 볼프강 폰 괴테, 《파우스트》, 장희창 옮김, 을유문화사, 2015.

윌리엄 셰익스피어, 《셰익스피어 전집 7: 사극·로맨스 I》, 최종철 옮김, 민음사, 2014.

＿＿＿, 《햄릿》, 박우수 옮김, 열린책들, 2010.

정여울, 《문학이 필요한 시간: 다시 시작하려는 이에게, 끝내 내 편이 되어주는 이야기들》, 한겨레출판, 2023.

천병희, 《그리스 비극의 이해》, 문예출판사, 2002.

체사레 카타, 《셰익스피어 카운슬링: 인생의 불안을 해소하는 10번의 사적인 대화》, 김지우 옮김, 다산초당, 2023.

토마스 만, 《마의 산》, 홍성광 옮김, 을유문화사, 2008.

이유 있는 고전

프란츠 카프카, 《돌연한 출발: 프란츠 카프카 단편선》, 전영애 옮김, 민음사, 2023.

____, 《변신·시골의사》, 전영애 옮김, 민음사, 2009.

____, 《아버지께 드리는 편지》, 정초일 옮김, 은행나무, 2024.

____, 《행복한 불행한 이에게: 카프카의 편지 1900~1924》, 서용좌 옮김, 솔출판사, 2017.

프랑수아즈 사강, 《슬픔이여 안녕》, 김남주 옮김, 아르테, 2023.

____, 《해독 일기》, 백수린 옮김, 안온북스, 2023.

프루 쇼, 《단테 『신곡』 읽기: 7가지 주제로 읽는 신곡의 세계》, 오숙은 옮김, 교유서가, 2024.

헤르만 헤세, 《데미안》, 전영애 옮김, 민음사, 2009.

호르헤 루이스 보르헤스·윌리스 반스톤, 《보르헤스의 말: 언어의 미로 속에서, 여든의 인터뷰》, 서창렬 옮김, 마음산책, 2015.

호메로스, 《일리아스》, 이준석 옮김, 아카넷, 2023.

D. H. 로렌스, 《채털리 부인의 연인》, 이인규 옮김, 민음사, 2003.

기사

연합뉴스(1999. 06. 23), 작가 샐린저 연애편지 경매 후 본인에게, https://n.news.naver.com/mnews/article/001/0004534215?sid=104.

이데일리(2022. 08. 26), '작은 아씨들' 정서경 작가 "모든 가난했던 소녀들에 대한 연대감 담아", https://www.edaily.co.kr/news/read?newsId=01315286632431256&mediaCodeNo=258.

〈한국경제신문〉(2022. 06. 30), 임윤찬 "단테 소나타 연주하려고 단테 '신곡' 외우다시피 읽어", https://www.hankyung.com/article/2022063087091.

〈한국경제신문〉(2023. 02. 27), 챗GPT는 예고편… AI 활용 못하면 도태되는 시
대 온다, https://www.hankyung.com/life/article/202302275822i.

이미지

가스통 르루, https://commons.wikimedia.org/wiki/File:G._LEROUX.jpg. 작자
미상.

단테 알리기에리, https://www.nga.gov/collection/art-object-page.46156.
html.

데이비드 허버트 로런스, https://commons.wikimedia.org/wiki/File:D_H_
Lawrence_passport_photograph.jpg.

라이너 마리아 릴케, https://commons.wikimedia.org/wiki/File:Rainer_Maria_
Rilke_1900.jpg.

레프 톨스토이, https://my.tretyakov.ru/app/masterpiece/20213.

루이자 메이 올컷, https://commons.wikimedia.org/wiki/File:Louisa_May_
Alcott.jpg.

마거릿 미첼, https://www.loc.gov/item/94507170. 작자 미상.

버지니아 울프, https://en.wikipedia.org/wiki/File:George_Charles_Beresford_-_
Virginia_Woolf_in_1902_-_Restoration.jpg.

빅토르 위고, https://gallica.bnf.fr/ark:/12148/btv1b8452744n/f24.item/#.

소포클레스, https://commons.wikimedia.org/wiki/File:Sophocles_pushkin.
jpg.

안톤 체호프, https://my.tretyakov.ru/app/masterpiece/21914.

알렉상드르 뒤마, https://commons.wikimedia.org/wiki/File:Nadar_-_Alexan
der_ Dumas_p%C3%A8re_(1802-1870)_-_Google_Art_Project_2.jpg.

어니스트 헤밍웨이, https://commons.wikimedia.org/wiki/File:Ernest_Hem

ingway_Writing_at_Campsite_in_Kenya_-_NARA_-_192655.jpg.

요한 볼프강 폰 괴테, https://www.sammlung.pinakothek.de/de/artwork/02LAY 3QLyk/joseph-karl-stieler/johann-wolfgang-von-goethe.

토마스 만, https://digital.library.ucla.edu/catalog/ark:/21198/zz0027z6q9.

프란츠 카프카, https://commons.wikimedia.org/wiki/File:Franz_Kafka,_1923. jpg, 작자 미상.

헤르만 헤세, http://hdl.handle.net/10648/a8a31dd4-d0b4-102d-bcf8-003048 976d84.

호르헤 루이스 보르헤스, https://commons.wikimedia.org/wiki/File:Jorge_ Luis_Borges.jpg.

호메로스, https://en.wikipedia.org/wiki/File:Homeros_MFA_Munich_51.jpg.